「你好，我是雪城愛理沙。
初次見面……
也不是初次了呢。」
雪城愛理沙
一點都不想相親的我
設下高門檻條件，結果
同班同學成了婚約對象!?

「不錯嘛。
感覺像是情侶。」
一邊賊笑一邊說出
這句話的是……
橘亞夜香。
「啊～這個是～」
「「「這個是？」」」
佐竹宗一郎
上西千春
橘亞夜香

「我們只是剛好、碰巧，
在這裡遇上了。」
聽由弦這樣說完之後……
三人面面相覷。
「—「你這說法太牽強了。」
了喔。」吧。」
沒能矇混過關。
高瀨川由弦

「我撈到了，
我撈到了喔！」
她笑起來的表情
遠比平常要來得更有魅力多了。
這是只有由弦才知道的事實。

一點都不想相親的我設下高門檻條件，結果同班同學成了婚約對象!? 1

櫻木櫻
插畫
clear
story by sakuragisakura
illustration by clear

Kadokawa Fantastic Novels

Contents

story by sakuragisakura
illustration by clear
designed by AFTERGLOW

第一章　我設下高門檻條件，結果同班同學成了婚約對象

某間高中的屋頂上。
放學後。
有兩個高中男生正在本來應該是禁止進入的那個地方閒聊。
從身上的制服穿得有些隨便這點來看，乍看之下會覺得他們是不良少年。
「唉……」
其中一位黑髮藍眼的少年，高瀨川由弦重重地嘆了一口氣。
臉上掛著非常沒幹勁的表情。
「你是怎麼了，由弦？忽然嘆氣。」
「你聽我說。」
由弦開始對站在自己身旁的少年，佐竹宗一郎抱怨起來。
「最近不論男女，可以結婚的年齡都下修到十五歲了對吧？」
「是啊……那又怎麼樣？」
「我不知道是不是因為這個緣故……從我國中畢業後，我家爺爺跟奶奶就想催我結

婚……一直要我去相親，煩死了。」

兩老一找到機會就會抓著由弦問「你交女朋友了嗎？」「你有喜歡的人嗎？」之類的問題，最後甚至擅自開始幫他找婚約對象，要他去相親。

他當然從一開始就對在自己不知情的情況下談的婚約一點興趣都沒有，所以嚴正拒絕了。可是……

「不過你才十五歲吧？他們著急也該有個限度……為什麼會這麼急啊？」

「他們說想看曾孫啦。」

「這……確實不早點讓你結婚的話就看不到呢。」

宗一郎放聲大笑。

以由弦的角度來看，這一點都不好笑。

由弦一個人住，所以平常不會見到祖父母。然而回老家的時候一定會見到面。

五月初連假時一定又會被問這些事，說不定還會被逼著去相親。

「我是沒有喜歡的人，也還不想談戀愛……但要是之後想談戀愛了，有婚約對象在反而礙事。況且我根本不想訂婚，去相親也只是浪費時間……有沒有辦法不讓這件事發生啊？」

「那……你試著提出高門檻條件如何？」

「高門檻條件？」

「比方說要我去相親的話，就找個超級美少女來！這種感覺。」

「這個……嗯，是個好點子……所謂的高門檻條件，具體來說有哪些啊？」
「嗯～金髮碧眼？你爺爺應該也找不到這樣的對象吧？」
「不，他有可能會從國外找來吧。畢竟我爺爺在國外也有不少人脈。」
這或許比在日本找難上許多，但可不能小看想抱曾孫的老人家。
「加上日文要很流利這個條件如何？畢竟有語言隔閡很麻煩，要他們找個日本國籍，或至少會說日文的人來。把範圍縮小到這種程度，他們就沒那麼容易找到了吧？」
「的確是這樣……唉，既然要嫁進我們家，對象本來就僅限於有一定身家條件的人了，除此之外還要加上會日文，這確實有難度……好，就用這個方法吧。」
就在由弦做出決定時。
他的手機正好響了起來。
「喂。」
『由弦！你連假回來的時候……願不願意去相親啊？這是爺爺一生僅有一次的請求。我想在還活著的時候看看曾孫啊……』
「好啊。」
『爺爺真的拜託你……咦！你說好嗎？由弦！』
「不過有條件。」
由弦開始對在電話另一頭驚愕不已的祖父拋出「高門檻條件」。

「如果對方是金髮碧眼白皮膚的美少女，我就考慮去參加相親。啊，對方當然必須是跟我同年，日本國籍的女孩子。畢竟有年齡和語言的隔閡相處起來很麻煩。再來就是……」

由弦對宗一郎使了個眼色。

接著宗一郎便在手機上打了一些字，拿到由弦面前。

由弦唸出了手機上的文字內容。

「巨乳而且屁股要翹……啊～簡單來說就是身材好的女孩。溫柔賢淑、清純優雅。然後……要很會做菜，頭腦聰明，也很擅長運動的女孩……怎麼可能找得到這種人啊？」

由弦傻眼地對宗一郎這麼說，只見宗一郎聳聳肩。

然後在手機上打了「就是找不到才好吧？」拿給他看。

『這、這條件……就、就算是我，也很難找到啊……』

「找不到的話也不用勉強喔？反正我也不在意。」

『嘖……我知道了。連假前我會找到的，你就作好覺悟吧！』

「是是是。」

到底是要對什麼作好覺悟啊？由弦無奈地掛斷了電話。

然後開口問宗一郎。

「真的會那麼想抱曾孫嗎？」

「誰知道？沒到那個年紀很難體會啊……這麼說來，我們身邊就有一個符合剛剛那些條件的女孩子吧？」

「身邊？」

「雪城啊。你們班上的雪城愛理沙。」

雪城愛理沙。

在校內相當出名的同年級女生。

頭髮是偏淺的棕色（亞麻色），還有一雙美麗的綠色眼睛。

皮膚像白雪一樣清透，如陶瓷般滑順。

體型纖細，但仔細一看便會發現她有著凹凸有致的身材。

身上帶著一股讓人難以親近的氣息。

她就是這樣的女孩。

由於是位氣質神祕，猶如畫中才會出現的美少女，男生們都用傾慕的眼神看著她，也聽說經常有人向她告白。

然而幾乎完全沒有聽過關於她的緋聞，可見那些告白的男生全都失敗了吧。

「她的眼睛不是藍色而是綠色的就是了。頭髮與其說是金髮，更像是顏色較淺的棕色。至於是不是很會做菜個性又賢淑優雅這些的我就不知道了……」

可惜由弦跟她並沒有熟到足以了解對方為人的程度。

兩人只有稍微打過招呼，由弦也不知道她對自己有多少了解。

「要是雪城愛理沙來了就有趣了。」

宗一郎半開玩笑地這麼說。

說是這樣說，但除了頭髮和眼睛的顏色有些微不同，也先不提個性跟家務能力，最符合由弦提出的條件的人就是她了，所以這也不無可能。

「就算說要找，也不可能公開登報招募，只是從爺爺的人脈中去找年紀符合的女孩啊。還不知道憑我爺爺的人脈能不能找到雪城愛理沙。而且……真要說起來，你覺得雪城會想跟我相親嗎？要是對方完全沒有那個意思，相親是談不成的喔。」

「也是啦……追根究柢，在這個年紀就要人去相親很奇怪啊。」

「對吧？」

又不是古時候的貴族或武士。

真要說起來，由弦覺得光是爺爺能不能找到「女孩子」這點都很難說了。

「那我們做個假設。假設……來的人是雪城愛理沙，你打算怎麼辦？會答應嗎？她可是條件超群的美少女喔。」

原來如此，對於迷戀雪城愛理沙，或是早就告白失敗的學生來說，和雪城愛理沙相親是會令他們垂涎不已的發展吧。

然而對由弦來說……

「我的確覺得她是美女啦，但我也沒特別喜歡她。雖然不認為她不好，然而該怎麼說呢，總覺得她有點冷漠……是我不擅長來往的類型。至少不會想要跟她結婚。」
雪城愛理沙並非不擅長表達自己的情緒，也不是缺少情緒波動……她看起來單純只是拒絕和人往來而已。
只要保持一定距離，不會跟班上脫節就好，不打算跟人成為好友或是戀人。
這就是由弦對她的印象。
「而且她啊……眼神死氣沉沉的吧？顏色雖然很美，但感覺缺少感情。」
太過清澈，裡頭連一條魚都沒有的湖。
愛理沙的眼睛給人這樣的感覺。
宗一郎也有些同意由弦對愛理沙的感想吧，他點點頭表示理解。
「被你這麼一說，確實是這樣。而且如果是要共度一生的對象……比起臉，以個性來選擇比較好啊。重要的是內在合不合得來，我是這樣想啦。」
由弦也點頭同意。
「沒錯沒錯，和對方在一起開心比較重要啊。雪城愛理沙……感覺是觀賞用的吧。」
只是遠觀的話，她確實很養眼吧。
實際上由弦有時候也會在不被發現的情況下偷看她。
那種程度的美少女，光是看著她，就能獲得一點療癒。
「感覺沒辦法跟她開玩笑啊，她會一臉認真地用冰冷的眼神看過來吧……不對，這樣或許也不錯？」

「喂，你很噁心耶……唉，不過我也多少能夠理解啦。」

由弦和宗一郎哈哈大笑。

……這時候的由弦還不知道。

老人家想抱曾孫的執著有多可怕。

※

在那之後過了一段時間。

在五月初的連假——也就是日本所謂的黃金週——的後半。

在市內的某間高級日式餐廳。

一位亞麻色頭髮的少女正規矩地跪坐在身穿和服的由弦面前。

身上穿著繪有美麗繡球花的和服。

白得晶瑩剔透的皮膚，五官也非常端正。

簡直可說是絕世美少女。那女孩用碧綠的眼睛直直看向由弦後，將手輕放在榻榻米上，彎身行禮。

「你好，我是雪城愛理沙。初次見面……也不是初次了呢。」

愛理沙用清澈卻感覺不到半點活力的眼睛直直看著這邊，如此說道。

（……事情怎麼會變成這樣？）

由弦在心裡懊惱地抱著頭。

※

因為不想相親，提出了絕對無法達成的高門檻條件，結果來的人是同班的美少女。

天底下怎麼會有這種蠢事！

由弦嘆了一口氣。

（怎麼會……我完全沒想到爺爺能靠人脈找到雪城愛理沙……我有點太小看爺爺的人脈網了。）

那個老頭在日本國內該不會是無敵的吧？

他重新體會到老人的厲害與執著……同時從正面凝視著愛理沙。

不管什麼時候看，都是有如藝術品般端正的美麗面孔。

「妳好，我是高瀨川由弦……好久不見了。」

由弦也規矩地坐好，將手輕放在榻榻米上，彎身回禮。

事情發展成至此，他也只能不失禮地回絕對方了。

不管由弦和愛理沙的反應，這場相親在雙方監護人（由弦這邊是祖父和父親，愛理沙那邊則是養父母）聊著「沒想到他們兩個是同學，真讓人吃驚」、「這說不定是命中注定啊」之類的話，擅自炒熱氣氛的情況下開始了。

由弦和愛理沙皮笑肉不笑地配合著話題，隨意說些諸如「是啊，我也很驚訝」、「我嚇了一跳呢」的話來回應他們。

經過了一段時間之後……

雙方監護人分別向他們提議道「你們兩個年輕人去欣賞一下餐廳庭院裡的造景，加深彼此之間的感情如何？」

由弦這時也不好拒絕，便和愛理沙一起走往庭院。

他護送著愛理沙走到庭院裡。

畢竟是會被用來當作相親場所的地方，庭院非常漂亮。

（好了……我該怎麼拒絕她呢。）

雖然用常見的「我覺得我們合不來」這理由來婉拒這場相親也行，可是那樣說又像是拐著彎在說「妳不夠有魅力」。

對方都來參加這場相親了，表示她對由弦應該有興趣才對……要是隨便找理由拒絕，可能會傷了她的心。

真要說起來，儘管兩人沒什麼交集，畢竟還是同班同學。

考慮到往後的情形，他還是不想把場面弄得太難看。

「那個，高瀨川同學……」

「雪城？」

就在由弦猶豫不決時，至今為止始終保持沉默的愛理沙開了口。

她的手握緊了和服的布料，接著低頭道歉。

「對不起。這場相親……是養父硬逼我接受的。我……本來就不打算跟人訂婚。」

聽到這番話，由弦感覺放下了心中一塊大石。

或許是因為這樣吧，他忍不住嘆了口氣，放心地說道。

「……什麼嘛，原來妳也是啊。」

「……也是？」

「我也跟妳一樣，是被逼著來參加的……我本來想說要是提出高門檻條件，就能勸退他們了。所以才說想要我去相親的話，就找個金髮碧眼的女孩來！結果……沒想到他們還真的找來了。」

由弦邊嘆氣邊說完這段話後，愛理沙輕拍了一下手，一副恍然大悟的樣子。

「原來是這麼回事啊。」

「這麼回事？」

「因為我聽說是高瀨川同學家指名要找我的……這樣我就懂了。」

「……抱歉給妳添麻煩了。」

「不會，彼此彼此。正確來說……是養父給你們添麻煩了呢。高瀨川同學家那邊提了這件事之後，他似乎就單方面地一頭熱。」

揭開了雙方都不想要訂婚的真相後……總覺得兩人之間的距離變得更近了點。

彼此都不喜歡對方這點成了他們共通的話題，使他們產生了一種親近感，這也還真是奇怪。由弦在心底苦笑著。

「高瀨川同學……我有一個提案。」

「提案？」

「我們要不要訂下一個假的、騙人的、虛偽的『婚約』呢？」

「……原來如此。」

也就是假裝訂下「婚約」，用來騙過雙方監護人的提案。

在由弦和愛理沙訂有「婚約」的期間，就不會被逼著去參加麻煩的相親。

以「婚約」為擋箭牌來逃過相親，雙方在私底下可以自由地談戀愛。

然後等到他們成年，能夠反抗監護人之後，就取消這個「婚約」。

就是這麼回事吧。

「嗯……我沒辦法立刻就說『好』，點頭同意妳的提案呢。畢竟這感覺也不容易。」

可是要長期隱瞞假「婚約」所需付出的勞力，跟持續婉拒相親的勞力相比，實在很難判

斷哪邊比較累。

要一直演戲相當費神。由弦沒辦法隨隨便便地答覆她。

「這樣啊……那期待你的好消息。」

愛理沙一下子顯得有些失落，不過馬上又露出了柔和的笑容。

那是在學校裡眾人私下讚譽有加，會讓男孩子們會錯意的溫柔表情。

然而在由弦看來……只覺得那是她裝出來的笑容。

就在這時候。

他們聽到了「喵～」的貓叫聲。

「高瀨川同學、高瀨川同學！你看那裡！」

「嗯？那是……貓吧。」

由弦不太懂要怎麼看貓的年齡，但那隻貓恐怕還不到一歲大吧。

小貓在樹上喵喵地叫著。

「這傢伙真是少根筋啊。自己爬上去卻下不來。」

「真不懂牠為什麼下不來還要爬上去呢……可是該怎麼辦才好？這樣放著不管，牠說不定會摔下來。」

愛理沙用非常擔心的語氣這麼說。看來她屬於喜歡貓的那一派。

每當貓咪在樹枝上來回走動，愛理沙就會很緊張。

「去叫餐廳的服務生來吧？」
「可、可是……牠會不會在服務生來之前就摔下來啊？」
「……唉，的確有可能會。」
貓的動態從剛剛開始就相當危險。
就連不算是特別喜歡貓的由弦看了都有些心驚膽顫。
「該怎麼辦……我也沒有爬過樹……那個，高瀨川同學你呢？」
她這是拐個彎在拜託由弦爬上樹去救那隻貓吧。
雖然由弦沒理由去救那隻貓，也沒道理要回應愛理沙的請求……
不過貓要是從樹上摔下來死了，他也會有點良心不安。
「我比較喜歡狗的說……沒辦法。」
由弦低聲說完後，解開了和服的腰帶，開始脫起衣服。
愛理沙乳白色的肌膚旋即染上了薔薇色，她急急忙忙地別開視線。
「等、等一下！請、請你不要忽然就脫起衣服來！」
「啊，抱歉。我裡面有穿T恤跟褲子，沒事的。」
「既、既然這樣，請你早點告訴我……」
愛理沙沒和任何人交往的事情似乎是真的，她很不擅長跟男性相處的樣子。
只是看男生脫個衣服就滿臉通紅不知所措，再怎麼說都太沒抵抗力了吧。

由弦把脫下來的和服隨手亂摺起來，交給愛理沙。

「雪城，妳……運動神經不錯吧？」

「咦？啊，對。」

「要是貓在我趕上之前就摔下來了，妳就用我的衣服當軟墊接住牠。」

由弦說完之後便攀上眼前的大樹。

雖然很久沒有爬樹了……但幸好這棵樹還滿容易爬上去的（說不定貓就是因為這樣才爬上去的），所以應該沒問題。

由弦動作流利地往上爬。

幸好貓也沒有想要逃跑的樣子。

「好……抓到了。」

他毫不費力地成功捕獲了小貓，一瞬間鬆懈了下來。

……就是這時大意了。

「喵！」

「好痛！喂、喂，你，居然對救命恩人……喂，別掙扎啦……啊……」

他的身體完全失去了平衡。眼見著就要摔到地上了。

因為手裡還抱著貓，他也沒辦法用手著地。

由弦急著想穩住身體。然而……

「唔啊啊！」

「高、高瀨川同學！」

右腳踝還是嚴重扭傷了。

※

「醫生怎麼說？由弦。」

「說至少一週內都要用拐杖。大概要一個半月才能治好。」

由弦開口回答看起來不是很擔心他的祖父。

然後在內心裡抱怨著：「那隻臭貓……下次再被我遇到就給我小心點。」

「啊，高瀨川先生！」

愛理沙和愛理沙的養父母神色大變地走近由弦。

說是養父母，但由於他們並沒有正式收養愛理沙，所以和愛理沙的姓氏不同。

愛理沙姓「雪城」，不過他們是姓「天城」。

據說他們也算是小有名氣的世家，近年卻傳出了一些資金運轉不善的消息。

天城夫妻兩人面色鐵青。

旁邊的愛理沙則是有些害怕的樣子，臉上掛著至少在學校絕對看不到，泫然欲泣的表情。

看起來非常憔悴。

「這孩子……胡亂唆使貴公子去做些奇怪的事，真的非常抱歉！」

「我們會付醫藥費跟撫慰金的……」

「真的很對不起……」

愛理沙的養父母用手壓著愛理沙的頭，硬是讓她低下了頭道歉。

那動作——不知道是有意還是無意的——有些粗魯，看起來簡直像是從上面打了她的頭。

面對拚命道歉的天城夫妻和愛理沙，由弦的祖父和父親淡然答道。

「不會不會……會爬上樹摔下來，是因為這傢伙太笨了。」

「追根究柢，是這孩子自己擅自爬到樹上去的。」

他們也嚴正拒絕了對方支付醫藥費和撫慰金的請求。

實際上確實是由弦自己要爬上去，又自己不小心摔下來的，愛理沙沒有錯。

「請你們抬起頭來。是我自己不好。而且……」

這時由弦忽然注意到了。

愛理沙的臉頰有一點點腫了起來。

……看來她和養父母處得不是很好。由弦如此推測。

「這都要怪我忍不住想在喜歡的人面前耍帥。哎呀哎呀，真是丟臉……」
喜歡的人。
由弦明確地這麼說了。
這話讓由弦的祖父，愛理沙的養父母，就連愛理沙本人都睜大了眼睛。
「妳願意和我訂下『婚約』嗎？雪城，不……愛理沙。」
當然，是假的「婚約」。
由弦話中的真意似乎也傳達給愛理沙了。
愛理沙的臉頰微微泛紅，輕輕點了點頭。
「我很樂意……我們訂下『婚約』吧。高瀨川同學……不，由弦同學。」
於是他們便可喜可賀地訂婚了。

※

在那之後，由弦以想要兩人單獨聊聊為由，把愛理沙帶了出來。
已經到了日落時分，天空被夕陽染成一片橘紅。
由弦想坐在屋外的長椅上……卻因為拄著拐杖，沒辦法順利坐下。
他只好在愛理沙的幫忙下坐上長椅。

「真的很抱歉。」

愛理沙用有一點點要哭出來的聲音這麼說。

夕陽照在她亞麻色的頭髮上，散發出金黃色的光芒。

那模樣看起來雖然很美……卻給人一種她彷彿下一秒就會消失的虛幻感。

「妳為什麼要道歉？」

「……因為我給你添了麻煩。」

「從樹上摔下來那是我自己該負責的事……」

「不、不是這個……是『婚約』的事。你是在保護我吧？因為相親失敗的話，就會像是因為我草率行事，才造成了這樣的結果。你是考慮到我在天城家的立場，才決定答應這個『婚約』吧？」

因為愛理沙，導致天城家跟高瀨川家的婚事告吹了。

由弦認為愛理沙的養父母若是抱持著這種想法，有可能會嚴厲地責怪她。

「本來就是我從樹上摔下來不好，才會害得事情變得麻煩起來。所以妳不用介意，也不用覺得有虧欠我……」

「就算不提這件事也一樣。你真的……幫了我很大的忙。照那樣下去，我說不定會被迫跟一點都不喜歡的人結婚……我真的很不希望自己必須為了錢，和只對我的身體有興趣的人結婚。」

愛理沙用雙手抱住自己，顫抖著身體如此說道。
接著她抬頭看向由弦，消極地笑了笑。
「高瀨川同學是我的恩人。至少我暫時逃過一劫了。」
「……我是不好對別人的家庭狀況說些什麼，不過，唉，我們畢竟同學一場。有什麼煩惱就跟我說吧。我會盡量幫忙的。」
由弦同情她的處境，儘管覺得自己這番話很不可靠，依然對愛理沙如此保證。
除非對方的行為明確地違法了，不然他肯定會被人用一句「這是我們家的家務事」給拒絕在外。
胡亂攪局的話，說不定只會讓愛理沙的立場變得更糟。
愛理沙也不是笨蛋，想必知道他這番話也只是口頭說說罷了。
可是……
「光是能聽到你這麼說，我就安心多了。」
她翠綠色的眼睛帶著淚光，用一種彷彿得到了救贖，放心下來的表情說了這句話。

※

在那之後過了三天，黃金週連假結束了。

由弦從老家回到了自己住的華廈。

父母和祖父母雖然挽留他，要他從老家去上學，可是……從老家到學校單程就得花上超過一個小時。

就算請人開車接送，依舊很費時。

雖然猶豫了一下……不想早起的由弦還是決定跟之前一樣，從華廈通學。

（打工那邊只好請假了。不過……接下來感覺得過著相當不便的生活啊。）

上學日的一大早，由弦打算努力去學校，便拄著拐杖，打開了華廈的門。

只見門後站著的是……

「早安，高瀨川同學。」

「……妳怎麼會在這裡？」

一頭淺棕色的頭髮配上翠綠眼睛的美少女。

雪城愛理沙就站在那裡。

她的表情一如往常地平靜，然而美麗的雙眼中帶著堅定的意志，用充滿了決心的聲音開口說道。

「在高瀨川同學的傷治好之前，請讓我來協助你。」

由弦想著這下事情可麻煩了，想要抓抓自己的頭……

手便鬆開了拐杖，整個身體失去了平衡。

「糟、糟了……」

「危險！」

儘管由弦失去了平衡，多虧愛理沙迅速的反應，免去了與地面的親密接觸。

「沒事吧？」

「啊，嗯……謝謝妳。」（我、我的臉……好像碰到了什麼柔軟的東西……）

由弦一邊在愛理沙的攙扶下站穩身體，一邊想著剛剛接住自己的臉的「柔軟緩衝物」。

幸好愛理沙好像沒注意到，也或許是不在意。

（有股好香的味道……而且好軟，在各方面都……）

由弦用從愛理沙手中接過的拐杖支撐著身體，同時回憶起剛剛的感受。

這樣感覺好像還滿賺的？由弦雖然這麼想……

「我很感謝妳的心意，不過沒關係。我不能給妳添麻煩。」

讓女孩子保護實在太不像樣了。

由弦那無關緊要的自尊心在這時候冒出來了。

而且最重要的是……這會在學校傳出八卦吧。

要是知道由弦和愛理沙有密切往來，一定會有學生胡亂猜測兩人的關係，進而探查到兩人經由相親訂下婚約的事。

這所學校裡也有不少學生出身自與高瀨川家交好的家庭。

流言蜚語想擋也擋不住。他們會瞬間成為校內眾人矚目的焦點。

「剛剛差點跌倒的人還真敢說呢。」

「唔唔唔……」

這點他無法否認。

昨天他也自己在房裡苦戰了許久。

「我只是不想欠你人情。請你讓我報恩吧。」

「可是啊……要是被人看到我跟妳在一起……」

「請你放心，高瀨川同學。我也不想鬧出奇怪的傳聞，讓人在背後說三道四的。我很清楚這一點。上學時我只會幫你到出華廈前為止，這樣就不會被其他學生看見了吧？」

「這……嗯，是這樣沒錯。那就拜託妳了。」

由弦覺得即使硬是拒絕，愛理沙也會跟上來，便老實地接受了她的好意。

實際上，由弦光是要按電梯的按鈕就有些費力了，就算只到出華廈為止，有她幫忙還是令由弦感激不盡。

「那我就先走一步了……真的沒問題吧？」

「嗯，沒問題。」

不如說由弦還希望她早點走。

由弦的華廈到學校走路只要十分鐘左右，哪時有學校的學生經過都不奇怪。

「在那之前，先交換一下聯絡方式吧？」

「這麼說來，我們是沒交換呢。」

的確是有這個必要。由弦點頭同意。

雖然這麼說，不過因為兩手都拄著拐杖，包含把手機從書包裡拿出來這個動作在內，全都是請愛理沙做的。

「交換好了。那放學回家時請跟我聯絡。」

「嗯，我知道了。」

愛理沙以不帶情緒的表情行禮後，小跑步地奔向了學校。

在那之後由弦便一個人悠悠哉哉，小心地挪動拐杖前往學校。

※

由弦的高中是位於關東某處的私立學校。

校內有著獨立的圖書館等，設備還算是滿充實的。

由於附近這一帶的居民都認為這是一所歷史悠久，以升學為主的學校，有許多家境相對富裕的學生就讀於此。雖然實際上還是以出自於一般家庭的學生為多就是了。

由弦拄著拐杖上學這件事儘管讓大家嚇了一跳……不過同學們或許是接受了他只是嚴重

扭傷這個說法吧，沒人再特別追問他。

午餐。

由弦連同朋友們三個人在教室裡把書桌併在一起。

「拿去，照你的要求買來的麵包。」

「喔，謝啦。」

由弦的朋友之一——宗一郎把從福利社搶購到的麵包丟給坐在位子上等著他們回來的由弦。

另一個朋友則是把買回來的茶隨手放到了由弦的桌上。

然後有些粗魯地坐到了椅子上。

「所以說……你啊，那個傷是怎麼了啊？」

提出這個問題的是由弦的損友之一，良善寺聖。

他是個感覺有些輕浮的學生。

他也跟由弦和宗一郎一樣，制服穿得有些隨便……但他身上還多了一條黑色的領帶。

不過這所高中的服裝儀容規定是「符合高中生年齡的服裝與髮型」（只要合乎常識，基本上可以自由穿著），所以他這樣穿也不算違反校規。

「我們可是顧慮到你受傷而放棄了學生食堂，買了麵包回來喔。你就老實招了吧。」

宗一郎也坐到了椅子上，開口問由弦。

由弦、宗一郎、聖。
這三個人的交情還不錯，平常就會一起行動。
真要說起來……其實他們三個人不同班。
他們平常都會在學生食堂吃午餐，今天是體貼由弦，才選在由弦的教室裡吃飯。
「沒什麼……就是有隻貓在樹上……我這是為了大義而受的傷。」
由弦這樣回答後……
先是宗一郎笑了出來。聖也跟著用手指著由弦，爆笑出聲。
「你為了救樹上的貓，結果從樹上摔下來了？」
「人蠢也該有個限度吧！」
「煩死了……因為那隻貓亂掙扎啊。」
「……看來牠很不想被你救下來呢。」
「是貓害你摔下來的喔？真是太好笑了！」
宗一郎和聖哈哈大笑。由弦用鼻子哼了一聲，雙手盤在胸前。
「哎呀，哎呀……別這麼生氣嘛。不好意思啊……噗。」
「我們忍不住嘛，因為這太有趣了……噗哈。」
「我真懷疑你們的人品。」
儘管腦中瞬間閃過了物以類聚這句成語，由弦還是把這句成語給揉成一團，丟到外面去了。

他們兩個人又笑了好一陣子……然後可能是笑夠了吧，提起了別的話題。

「這麼說來，由弦，你的相親怎麼樣？」

「對喔，還有這件事！你不是指定要找個金髮碧眼白皮膚的巨乳美少女嗎？結果他們真的找來了那樣的美少女嗎？」

「喂，你們兩個，別說得那麼大聲……」

愛理沙也在這間教室裡，和其他同學吃著午餐。

到金髮碧眼白皮膚為止還無所謂，但由弦不是很想讓她聽見「巨乳美少女」的部分。

幸好愛理沙好像沒聽見「巨乳美少女」這段，沒表現出任何反應。

她和平常一樣，跟朋友在聊天。

（她還是老樣子……該說是裝出來的笑容，還是什麼呢？）

由弦僅有一瞬間將視線移到了愛理沙身上，觀察著她的狀況。

她的臉上笑咪咪地掛著討喜的笑容，專心地當個聽眾。

愛理沙是個外表非常漂亮的女孩子，然而這樣看起來卻意外地不太醒目。

她應該是刻意用不引人注目的方式來應對其他同學的吧。

愛理沙不僅擅長運動、聰明伶俐、美貌過人，還有著一眼就能看出她是「混血兒」的外表。

如果她沒能成為班上的女王或中心人物，不隱藏自己、低調行事，難保不會成為被霸凌的對象……就算不到這種程度，也有可能會遭到同學們疏遠。

由弦是經過相親後才知道的，愛理沙雖然外表看起來是那樣，個性卻很消極，所以她無法成為班上的中心人物，只能採取盡量別讓自己太過顯眼的這個手段。

這算是雪城愛理沙的一種社交技巧吧。

……沒什麼聽過她的緋聞，應該也是她為了不要讓自己過於醒目的一環。

（儘管是很聰明的處世之道……但我不太喜歡呢。）

是沒必要特地引人注目，可是聽不喜歡的人說些一點都不有趣的事情，像金魚大便那樣依附在別人身後過活的人生很無聊吧。

如果得一直提心吊膽地看旁人的臉色過活，一個人獨處還比較輕鬆。

由弦做出這個結論之後，開口回答和自己意氣相投的朋友們。

「我直接說結論，沒找到啦……怎麼可能找得到那種人啊。」

「真無聊。」

「唉～這種時候就算是說謊，也要說找到了啊。」

由弦結婚的事對他們來說只是用來開玩笑的題材，跟他們無關。

……當然他們要是認真看待這件事，由弦也很頭痛，所以這樣也好。

（就算是假的，但我和雪城愛理沙訂下了「婚約」這件事，實在說不出口啊。）

他是相信好友們還算是口風緊，應該不會四處張揚啦……
然而依舊可以想見他們一定會瘋狂地開他玩笑。
「比起我的事，宗一郎你跟亞夜香還有千春怎麼樣了啊？」
「喔喔，對啊。你這個人渣！給我說清楚！」
「不、不是……等一下，別忽然把矛頭轉到我身上啦。」
由弦硬是轉開了話題，躲過了朋友們進一步的追問。

※

放學後。
由弦靠著兩位朋友的幫忙下了樓梯後，獨自走回了華廈。
愛理沙站在華廈前等著他。
「我幫你拿東西。」
「謝謝。」
他老實地接受了愛理沙的好意，讓愛理沙送他到門前。
儘管華廈有電梯，有人幫忙果然還是比較輕鬆，更何況只要身邊有人在，就讓人多少有股安心感。

「那麼雪城，今天就到這裡……」

「讓我幫你到脫了鞋子為止吧。你要脫鞋很辛苦吧？」

「鑰匙放在我書包的口袋裡。」

既然都到這裡了，就順著她的好意到最後吧。由弦這樣想，把鑰匙交給了愛理沙。

愛理沙用和平常一樣平靜的表情打開了門。

……然後僵住了。

她的眼睛睜得大大的，停在入口處不動。

「怎麼了？雪城。」

「這房間是怎麼回事……根本連個落腳處都沒有嘛。」

看著垃圾、沒用的器具、路上拿到的傳單等雜物散落一地的房間，愛理沙皺起了眉頭。

由弦不太擅長打掃和整理東西。

「這該說我也是有照自己的方式整理過了嗎？我是知道什麼東西放在哪裡啦……」

「高瀨川同學，先不管你是不是真的知道東西都在哪裡這件事，一個沒有拐杖就走不了的人，在這種充滿障礙物的房間裡生活實在太危險了。」

愛理沙儘管嘴上這樣說，還是幫忙由弦脫下了鞋子。

多虧她的幫忙，由弦輕鬆地從玄關走進了房裡。

「等一下，高瀨川同學。」

「嗯？」

「你的拐杖底下是髒的。至少要先擦一下……」

愛理沙說完後，從書包裡拿出了濕紙巾。

然後仔細地擦拭了拐杖的底端，接著嘆了口氣。

「你真需要人照顧呢。」

「抱歉……可是我不在意耶？」

「拜託你在意一下！那……我要先走了，你沒問題吧？」

愛理沙來回看著房裡的慘狀和由弦的拐杖，打從心底感到擔心地這麼說。

想回去但回不去……她的臉上寫著這句話。

由弦為了讓愛理沙放心，便試著在房裡移動給她看，表示自己一個人也沒問題。

「沒事啦。這裡可是我的房間喔？地形我很清楚……」

唰的一聲，他手中的拐杖壓到了紙片，在地上滑了一下。

由弦的身體重重地往旁邊一倒。

「……根本就不是沒事吧。」

「抱、抱歉。真的很感謝妳。」

幸好人就在旁邊的愛理沙扶住了由弦，由弦才沒有跌倒。

他剛剛真的慌了。

由弦覺得自己冒出了一身冷汗。

「啊……真是的，沒辦法放著你不管……我來打掃，可以吧？」

說完這句話的愛理沙身上有股不由分說的氣勢。

因為要讓同年級的女生幫忙打掃房間實在是太丟臉了，由弦實在很想避免這件事，可是他無法顛覆自己剛才差點跌倒的事實。

「可、可以。」

由弦只能乖乖點頭同意。

※

「在各方面上真是不好意思啊。」

由弦坐在床上，對已經打掃好一輪的愛理沙道謝。

因為不拄著拐杖就走不了的由弦只會妨礙愛理沙打掃，所以他只能坐在一旁看著。

這讓他非常過意不去。

相對的，愛理沙一副若無其事的樣子。

「我只是先把垃圾都清掉了而已。我改天會再來打掃的。」

「妳不用做到那種地步……」

「我只是不喜歡做事做到一半罷了。」
愛理沙用冷漠的態度這樣說。
然後她看了看剛剛才打掃過的更衣室，開口問由弦。
「高瀨川同學，你洗澡要怎麼辦？醫生是怎麼說的？」
「因為醫生叫我兩、三天別洗，所以我到昨天為止都只有擦澡而已。」
因為昨天就是第三天了，基本上他從今天開始就可以洗澡了（依舊不能泡澡就是了）。
縱使是由弦，整整三天沒能好好洗澡這狀況還是讓他在精神上很難受，所以他今天打算要洗。
「你打算怎麼洗？」
「唉，也只能單腳跳進去了吧。又不能拿拐杖進浴室。」
洗澡本身就算坐著也能洗，所以只要單腳跳進浴室裡就好了。
既然現在垃圾都收掉了，這件事也沒那麼困難。
「這……有點危險呢。浴室的磁磚地很容易滑倒。」
「妳實在太小題大作了……而且我已經好很多了，努力一點的話，就算不靠拐杖也能……」
「你這樣輕忽大意，傷勢又會惡化的。我來協助你吧。」
她的協助是指扶由弦到浴室裡吧。

由弦是很感激她的好意……可是愛理沙似乎不太習慣看見男性赤裸的身體。

「妳要怎麼協助我？我說啊……穿著衣服是沒辦法洗澡的喔。」

「我知道……讓我想想。對了，你有泳褲跟運動外套嗎？」

首先請由弦下半身換上泳褲，上半身披著運動外套。

在這個狀態下，讓愛理沙扶著他坐到浴室的椅子上。

等愛理沙出去，由弦再把運動外套掛在毛巾架上。

由弦洗完澡之後披上運動外套，一樣在愛理沙的協助下走出浴室。

這就是愛理沙想出的作戰方式。

「不是，妳根本不用做到這種地步……我也不是想讓妳欠我人情，才答應訂婚的。妳不用這麼努力也沒關係的喔？再說……妳不喜歡這種事吧。」

就算連讓女孩子幫忙有些不好意思這種心情也算進去，對由弦來說還是很感激有人能協助他。

可是愛理沙……即使不是直接碰觸到彼此，她也不想和不喜歡的男性長時間接觸吧。

由弦的確是救了愛理沙，但他不是為求回報才那麼做的。

這下感覺反而像是他硬是施恩於人，要對方為自己做事，讓由弦心裡很過意不去。

然而愛理沙搖了搖頭。

「我沒關係。」

「不，可是……」

「要是高瀨川同學在浴室跌倒，害傷勢惡化，或是又受了別的傷，反而會害我很困擾。主要是精神方面。你懂吧？」

被她這麼一說，由弦便試著站在愛理沙的角度思考。

的確，要是愛理沙事後得知自己回去之後，由弦又受傷了……一定會很後悔，想說那個時候要是留下來幫他就好了吧。

「……我知道了。不過『超過』的份，我下次會回報妳的。」

由弦說完後便帶著泳褲和運動外套進了更衣室。

然後在愛理沙的協助下，坐進浴室。

「那麻煩你洗好之後敲門通知我。我會等你。」

「嗯，我知道了。」

由弦坐著洗頭和身體。

睽違三天的淋浴果然很舒服……他在心裡感謝著愛理沙。

順利地洗好澡之後，由弦先拿起掛在毛巾架上的浴巾輕輕擦乾身體。

然後披上運動外套。

（我是覺得就算沒有愛理沙幫忙，我要出去還是出得去啦。）

單腳站著的由弦看向浴室和更衣室之間的段差。
他只要打開門，用力一跳就能跳過去了吧。
這也沒什麼困難的。
（……不，果然還是有些不放心啊。）
儘管如此，這裡可是容易滑倒的浴室。
而且要是跳失敗了，他肯定會摔得很慘。
「雪城，我洗好了。」
由弦邊說邊敲敲玻璃門。
接著愛理沙便戰戰兢兢地稍微打開了門，確認由弦有好好披著運動外套後才走進浴室。
她看似讓由弦的雙臂環繞上自己的肩膀，支撐著他。
「我會撐著你，所以請你像兔子那樣『蹦！』地跳過去吧。」
「好。」
由弦心想著她的比喻還真可愛，同時單腳施力，跳過了段差。
然後在更衣室裡坐了下來。
「謝啦。」
「不客氣。那等你換好衣服再叫我。」
「嗯，我知道了。」

坐著換好衣服之後，他出聲叫愛理沙。
由弦在愛理沙的攙扶下站起來，接過拐杖。
請愛理沙打開更衣室的門，走進了起居室。
然後坐到了床上。
「呼……光是洗個澡就夠麻煩的了。」
「雖說麻煩，還是請你帶著拐杖。至少在一週內……請你好好遵守醫生的指示。」
「我知道啦。」
要是愛理沙沒說，他其實早就放棄聽醫生的話了。
不過對方都特別叮嚀了，他也不好亂來。
「是說我可以看一下你的冰箱嗎？」
「是無所謂……但裡面沒東西喔？」
「謝謝你，省下了我打開看的功夫。」
嘴上這樣說，愛理沙還是打開了冰箱。
然後嘆了口氣。
「還真的什麼都沒有呢……你打算怎麼解決吃飯問題？」
「我有泡麵跟咖哩調理包。不過妳要是願意幫我買便利商店的便當回來，我也是感激不盡啦。」

「你平常就這樣吃嗎？」
「我是有盡量注意要多吃蔬菜啦……」
「唉……」
愛理沙嘆氣之後，陷入了沉思。
她內心糾結了大概數十秒後……走到了玄關。
「我去買。你等我一下。」
看來她要去幫由弦買便利商店的便當回來。
由弦本人實在不太想動，所以真的很感謝愛理沙願意幫忙跑腿。
「不好意思啊。」
「沒辦法。你的腳那樣也很難下廚吧……唉，應該沒什麼差就是了。」
愛理沙稍微損了一下由弦。
本來不管腳有沒有受傷，由弦不會下廚便是不爭的事實，所以他也無可反駁。
由弦一邊看報紙一邊等愛理沙，愛理沙卻買了大量的東西回來。
那是包含米在內，各種未經調理的食材。
由弦心想著不會吧，開口問她。
「喂，雪城。妳手上那些……怎麼看都不是便利商店的便當吧。」
「那當然。要是過著不健康的生活，本來能治好的傷都治不好了。我借用一下廚房喔。

請你等我大概三到四十分鐘。」
愛理沙單方面地說完後，便捲起袖子開始洗米。
也不好浪費這些已經買回來的食材，由弦只能默默地等待料理上桌。
過了一段時間，一股美味的香氣朝著由弦撲鼻而來。
「我只做了點簡單的東西。」
「……簡單的東西嗎？」
白飯。
用根莖類蔬菜煮的味噌湯。
薑燒豬肉。
涼拌菠菜。
沙拉。
三菜一湯，準備得相當周全。
「這個，算簡單……嗎？」
「豬肉只是煎一下，菠菜也只有川燙過，沙拉也就是把菜切一切而已。」
「這、這個……不就已經相當費工了嗎？」
「因為我平常就有在下廚。而且晚餐我一向會準備四道菜，所以這已經算很偷懶的了。
你不用在意。」

由弦說完「我開動了」之後，喝了一口味噌湯。
柴魚的香氣和味噌的風味在他的口中擴散開來。
「真好喝……是我至今喝過的味噌湯中最好喝的。」
由弦老實地說出自己的感想後……
愛理沙不知道為什麼，睜大了她翡翠色的眼睛僵住了。
「雪城？妳沒事吧？」
「啊，沒事，很抱歉。因為這是第一次有人誇獎我做的料理……真的有那麼好喝嗎？」
「這簡直是……唉，妳問我有多好喝，這我也很難解釋……不過我覺得遠勝過不算頂級的高級日式餐廳喔。是說這是用柴魚片熬成的吧？真厲害……不好意思讓妳費心了。真的很謝謝妳。」
「是嗎……算了，我都特別下廚了，要是你說難吃也讓人很不高興，我就老實地接受你的稱讚吧。」
愛理沙僅有一瞬間表現出內心的動搖。
她立刻變回平常冷漠的表情，拿起了自己的東西。
「總之今天我已經餵過飼料了，我要回去了。」
「餵、餵飼料這說法……」
在由弦開口抗議她這過分的說法前，愛理沙便用毫無起伏的聲音，簡短地說了必要的

事。

「要洗的餐具請你拿去泡水，明天我會來洗。然後涼拌菠菜跟味噌湯都還有剩，我也順便捏了飯糰，全都收在冰箱裡，請你明天早上吃掉這些東西，我會來確認你有沒有吃，聽懂了吧？」

「好、好的。」

見她用不由分說的態度這樣吩咐，由弦也只能點頭答應。

冷淡地說了句「明天見」之後，愛理沙便逃也似的離去了。目送她離去的由弦小聲地說道。

「難道她很容易害羞嗎？」

由弦得知了雪城愛理沙令人意外的一面，有些吃驚。

※

然後在那天的隔天。

愛理沙又再度在上學和放學時來幫了由弦的忙。

「今天我會認真地打掃……你有先把不需要的東西、必要的東西、不想被我看見的東西整理好了嗎？」

「嗯，那些我當然已經整理好了。」

我明天要打掃你房間，你認命吧。還有你要先做好最低限度的整理喔。

愛理沙昨晚發了這樣的訊息來。

就算由弦有一條腿不能動，依舊多少能整理或是把東西藏起來。

「那我要開始打掃了。這段時間內就請你坐在床上或椅子上，監視我吧。」

「說監視也未免太……」

「我是沒打算要偷你的東西，但我不希望你事後發現有東西不見了，就把責任推到我頭上。」

以愛理沙的角度來看，她會有這層顧慮也是理所當然的。

今天本來就是對方要幫自己打掃，受惠於人的由弦老實地點了點頭。

「還有，高瀨川同學……我可以借用一下更衣室嗎？」

「嗯？妳要換衣服嗎？」

「我不想穿著制服打掃。我會換上運動服。」

「說得也是。請便吧。」

由弦回答後，愛理沙便從書包中拿出運動服，走進了更衣室。

在男生家裡換衣服不會太不小心了嗎？由弦腦中雖然忽然閃過這個想法，但冷靜想想就知道，只有單腳能動的由弦根本不足為懼吧。

由弦彷彿看到了對方搶走他的拐杖，踢他受傷的腳讓他跌倒在地的幻覺。

過了一段時間，換好衣服的愛理沙出來了。

下半身穿著運動長褲，上半身穿著短袖運動服。沒穿運動外套應該是因為實在太熱了吧。

輕薄的運動服不僅稍微透出了她穿在裡面的小可愛，也明顯地展露出她凹凸有致的身體曲線。

穿運動服的女生對身為高中生的由弦來說，也不是什麼特別稀奇的景象……可是美少女身穿運動服待在自己房裡的事實，反而莫名地使由弦有些興奮。

「那我要開始打掃了。」

「嗯……拜託妳了。」

愛理沙立刻開始打掃起來。

可能是平常在家就有幫忙做家事吧，她的動作非常俐落。

由弦的房間沒兩下就變得整齊多了。

「真不好意思啊。」

「你這樣想的話，就請你多用點心，暫時維持住這個房間的整潔吧。要是看到我特地打掃過的房間馬上就變亂，我的心情會變得很差。」

愛理沙這麼說著，臉上的表情似乎略顯疲憊。

看來她經歷過不少次好不容易才打掃好的房間馬上就被弄亂的經驗。
「是說我可以和妳聊聊嗎？」
「你要是不介意我邊打掃邊說話，可以啊。」
愛理沙一邊打掃一邊回答由弦。
因為由弦也不是想妨礙她做事，所以她邊掃邊說也行……真要說起來，讓她打掃房間，由弦才是受惠的一方。
「妳意外的是個講話很直接的人耶。」
「……你不喜歡嗎？」
「不，只是因為妳平常在學校都表現得很溫順……這之間的差異讓我有點驚訝。」
雖說由弦和愛理沙交情沒有特別好，但由弦從未聽過她挖苦或是勸諫別人。
如果這裡是學校，聽了由弦剛剛那句「真不好意思啊」，愛理沙應該會「沒這回事，有困難的時候就該互相幫忙，畢竟由弦同學你有傷在身。而且真要追究起來，是我間接害你受傷的。」這樣回答他吧。
「妳是刻意不想引人注目的嗎？」
「……對。我需要說明原因嗎？」
「不，我大概知道是為什麼，所以不用。」
愛理沙是「混血兒」，有著偏西洋人的長相、髮色以及眼睛顏色。

現在由於全球化的進展，外國人或是外國人和日本人所生下的「混血兒」小孩也不是那麼少見了，但人數仍不算多，無論是好是壞都很醒目。

如果這醒目是往好的方向發展那倒無所謂，要是往不好的方向發展就不太妙了。察言觀色，避免遭人厭惡是明智的抉擇吧。

由弦不太喜歡這種行事風格就是了。

「可是妳對我不用戴著『假面具』嗎？」

「因為我覺得沒那個必要。還是有需要我那樣做？」

愛理沙半開玩笑地回答他。

這很明顯是知道對方的答案才提出的反問。

「不，不用。妳能清楚表達出自己的意見，我也比較好理解。」

兩人都已經是「假訂婚」的關係了，事到如今也不需要什麼「假面具」了吧。

對由弦來說，要是愛理沙能明白地說出她的想法，他也比較好應對。

……最糟的狀況是他沒發現愛理沙其實很不情願，他卻強迫愛理沙去做那件事。

說出真心話對他們彼此都有好處。

「話說回來，高瀨川同學。」

「什麼事？」

「雖然這話我可能說過了，也有可能根本不需要我特地提醒……」

愛理沙只有這次停下了手上打掃的動作。

然後回頭看著由弦，清楚地說了。

「我希望你能盡量不要對外公開我跟你的婚約……就算是親近的朋友也一樣。」

「……嗯，那當然。就算是『親近的朋友』，我也沒打算要告訴他們，實際上也沒說，所以妳放心吧。」

愛理沙所說的親近的朋友，是指宗一郎和聖吧。由弦意識到了這一點。

看來他們前幾天聊天的內容愛理沙都聽到了。

……雖然由弦很在意她是不是聽到了關於巨乳的部分，但這他實在問不出口。

「是嗎？那我就放心了。因為大家覺得我沒有交往對象，也沒有喜歡的人……應該說事實上也真的沒有。儘管如此，要是讓人誤以為我和你在交往，還是不太好。」

「……我是覺得不用特地隱瞞或是假裝沒有喜歡的人啦，這又不是什麼奇怪的事。」

「因為也會有人覺得這樣是『偷跑』。」

女生們的小圈圈有這麼陰險嗎？由弦不禁感到疑惑。

由弦也有女性朋友，但她們都不會給人這種陰險的感覺。

真要說起來，她們和愛理沙不同，硬要說的話算是很容易引人注目，會成為班上焦點的那種類型。

「妳這說法聽起來簡直像是妳的朋友裡有我的『地下粉絲』一樣。」

「關於這點恕我不發表意見。不過即使不是那樣……也會有人將這種情況解釋為『實際上明明有男朋友，卻瞞著不說，在心裡偷偷嘲笑我們』。」

「……這樣啊。」

由弦不認為所有女生都會有這種陰險的想法，不過男生中也有這種人在。

因為俗話說物以類聚，想必也有由這種陰險的人所組成的小團體吧。

可是以由弦的角度來看……如果愛理沙待的是那種小團體，她待在那裡真的開心嗎？他不禁對此感到疑惑。

不過人本來就不該干涉別人的人際關係，所以他沒說出這個疑問。

「這樣啊。哎呀，放心吧……因為我也和妳一樣，大家都覺得我沒有交往對象也沒有喜歡的人……儘管如此，若是被人知道妳這麼漂亮的人是我女朋友，應該會有人揚言要殺了我吧。」

由弦半開玩笑地回答後，愛理沙回了句「您真會說笑」。

然後她的表情鬆懈了些，露出了笑容。

「知道我們雙方的利害關係一致，我就放心了。」

「那可真是太好了。」

雙方都盡量不提訂下婚約的事。

由弦和愛理沙之間有了這樣的共識。

※

過了十天，由弦終於擺脫了拐杖。

要說這是理所當然的，那倒也沒錯……在那之後愛理沙就沒再來由弦家了。

而在他擺脫拐杖後的一週。

傷勢已經復原到不做激烈運動就沒問題的由弦和損友們一起在食堂裡吃飯。

由弦不可能會有便當，所以是吃學校餐廳的東西。

有著細長鳳眼的美男子佐竹宗一郎因為是從老家通學，所以帶了便當。

而感覺有些輕浮的良善寺聖也是從老家通學。不過……他跟由弦一樣，是吃學校餐廳的東西。

（雪城做的菜真好吃啊。）

由弦喝著學校餐廳的味噌湯，在心中喃喃自語道。

他平常吃的每日套餐絕對說不上難吃……可是和愛理沙做的菜一比，不管怎樣都會覺得味道差了一截。

「由弦，你……最近比較會吃蔬菜了耶。」

宗一郎突然指出了這件事。
由弦也不是討厭蔬菜……只是原本並不覺得有需要積極地吃蔬菜，所以平常沒什麼在吃。
不過他最近開始會刻意地多吃蔬菜了。
「唉，因為會被罵啊。」
「被誰罵啊？你的父母不是會唸這種事情的人吧。難道你交了女朋友嗎？」
「很遺憾，沒那回事。」
聖半是調侃地問他，但由弦否認了。
接著由弦稍微思考了一下之後……開口問眼前的兩人。
「其實我最近受了某位女性朋友照顧。我想送個回禮給她，你們覺得送什麼比較好？」
他們似乎沒料到會從由弦的口中聽到「女性朋友」這個詞。
兩人驚訝地睜大了雙眼。
「你說的不是亞夜香和千春吧？」
宗一郎先開口問了由弦。
亞夜香和千春是跟他們同校的女生，也是由弦和宗一郎的青梅竹馬。
要說起由弦的「女性朋友」，就只有這兩個人了。
「如果是她們我就不用煩惱了。是別的女生。」

「什麼嘛……由弦，我還把你當成夥伴，結果你的春天已經來了嗎？去死吧。」

「沒來啦。我們不是那種關係啦。而且我也不想死。」

因為他們確實是訂下了「婚約」，乍看之下或許會覺得他的春天來了吧……

然而那只是假象，實際上他根本就還身處於寒冬之中。

雖然由弦本來就覺得即使在冬天也無所謂。

「宗一郎，你很擅長應付女生吧？」

「我跟亞夜香還有千春才不是那種關係……」

既然會馬上說出她們的名字，就已經承認一半了吧。

不過戳破這件事害宗一郎鬧起彆扭來也很麻煩，所以由弦沒說出口。

「話先說在前頭，我比較熟的女性朋友只有亞夜香和千春。我雖然基於是朋友而有送過她們東西，但跟你也相去不遠。所以我覺得我跟女生相處的方式沒辦法讓你當參考喔。」

「是嗎？」

「我最近是在對方的要求下買了蒂芬妮的項鍊啦。可是你要送那女孩這種可說是明顯地表示『我對妳有意思』的禮物嗎？」

「……那倒是不行。」

愛理沙肯定會覺得很噁心吧。由弦導出了這樣的結論。

由弦不太了解女人心，但好歹也知道這種行為會讓人覺得不愉快。

「直接問她不就好了嗎？你是想回報對方的恩情吧？不需要給人驚喜吧。你又不是要去突襲人家。」
聖用一副受不了他的樣子說道。
被他這麼一說還真是這樣。他沒必要給愛理沙驚喜。
「你說的沒錯。真不愧是良善寺家的繼承人，果然是送禮的專家啊。」
「喂，由弦，你是不是徹底誤會我家了啊？」
由弦無視聖的發言，決定不如就在今天內去問愛理沙。

※

事不宜遲。
由弦當天便用手機發了「我想為了之前的事向妳道謝，妳有什麼想要我做的事，或是想要的東西嗎？」這樣的訊息給愛理沙。
發完後立刻就收到了回覆。
『可以讓我玩一下高瀨川同學家裡的遊戲嗎？』
這回答對由弦來說有些意外。不過他馬上就答應了。
兩人討論之後的結果……是愛理沙會在那週的週六到由弦家來。

過了中午。

被對講機叫過去之後，由弦開了門。

只見有著亞麻色頭髮和翡翠色雙眼，膚色雪白的美少女站在那裡。

是雪城愛理沙。

「今天多謝你的邀請，打擾了。」

身穿白色上衣，搭配米色褲子的愛理沙有禮地向由弦鞠躬道謝。

因為由弦是第一次看見她穿便服，有種新鮮感。

「嗯，進來吧。」

由弦這麼說，請愛理沙進房。

走進房裡之後，愛理沙環視周遭一圈，說了句話。

「看來你有好好打掃呢。很好。」

「唉……不掃實在說不過去。」

弄亂愛理沙整理好的房間感覺很對不起她，所以由弦現在每天都會打掃房間。

今天也因為他知道愛理沙會來，事前特別努力地打掃過了。

「廚房也很乾淨呢……你沒在下廚嗎？」

「這個……嗯，唉，我也不會煮。不過我有注意要多吃蔬菜了，雖然主要是便利商店的沙拉。」

「看來你有稍微反省過了，太好了。」

改變了生活習慣這點，似乎讓愛理沙感受到由弦是真的很感謝她。

愛理沙用力地點了點頭，像是在讚嘆由弦的改變。

「那就照雪城的期望，我們來玩遊戲吧。妳想玩什麼？如妳所見，有很多遊戲喔。雖然不在妳眼前的選項內，不過也有電腦遊戲可以玩。」

「嗯～這個嘛。」

愛理沙翡翠色的眼睛直盯著遊戲軟體的外盒。

她拿起了幾片遊戲，開始認真思考。

由弦總覺得她挑遊戲的背影看起來充滿活力，很興奮的樣子。

看來她是真的很期待來玩遊戲，由弦稍微放心了。

「那我想玩這片。」

愛理沙選的是眾多遊戲的角色齊聚一堂進行大規模混戰，非常有名的格鬥遊戲。

「好啊。那我們來玩吧。」

由弦把遊戲片放進主機裡，啟動了遊戲。

然後把手把拿給了愛理沙。

接著愛理沙……

「這要怎麼操作？」

她略顯疑惑地開口問由弦。看起來她連要怎麼拿手把都不知道。

「啊～妳沒玩過嗎？」

「只有小學的時候……在同學家玩過一次……」

「畢竟手把跟以前長得不太一樣嘛。」

由弦握著愛理沙的手，先從握手把的方式開始教起。

愛理沙一臉認真地聽著由弦解說。

「嗯，基本的操作方式大概是這樣，接下來妳玩著玩著就會習慣了吧。」

「謝謝你。」

他們立刻進入了選角色的畫面。

這時愛理沙又提出了疑問。

「那個，高瀨川同學，有我不能用的角色嗎？」

「妳這話是什麼意思？」

「我的小學同學……會壞心地設下這種限制……」

「感覺是小學生常做的事呢。我是沒有那種認定某個角色就是我專用的，不准人用的堅持啦。」

「這樣啊……是說我選哪個角色比較好？有比較適合新手玩的角色嗎？」

「適合新手玩的角色啊……嗯，可能是這傢伙？」

由弦其實也不是會玩這種遊戲的人，面對這款遊戲他同樣是新手。
所以他也沒資格裝出一副很懂的樣子來指導愛理沙。
「對了，高瀨川同學。」
「怎麼了？」
就在選完角色，遊戲正要開始的時候。
愛理沙認真地對由弦說。
「我不會放水的喔。所以請你不要手下留情。」
「我也沒有厲害到能放水的程度。」
由弦聳聳肩。

※

「又是我贏了。」
就算是愛理沙，玩遊戲贏了果然還是很開心吧。平常冷漠的表情稍微軟化了些。
她的嘴角微微上揚，眼尾也微微往下彎。
儘管那對綠寶石般的眼睛……還是老樣子，欠缺光彩。
由弦心裡的確有點不甘心……不過看到愛理沙可愛的表情，他覺得輸了好像也不壞。

儘管沒有喜歡上她，但美少女的笑容果然很養眼。

「我的臉上有什麼東西嗎？」

「沒、沒有……我只是想說妳明明是新手，卻玩得很好。」

看到愛理沙疑惑地歪著頭看他，由弦連忙這樣說，試圖矇混過去。

他實在說不出自己覺得那表情「真可愛」而盯著愛理沙看這件事。

「妳平常真的沒在玩嗎？妳家裡沒有遊戲嗎？」

「我……沒什麼機會玩，因為養母是討厭遊戲的人。而且……我玩遊戲的話會被罵，說要是有空玩，還不如去念書。」

「……原來如此。」

相親的時候由弦也有感覺到，愛理沙在天城家的地位似乎不太好。

說不定他們家裡是有遊戲的，但是愛理沙看起來沒什麼機會和天城家的孩子一起玩遊戲。

所以她才會特地來由弦家玩遊戲吧。

「高瀨川同學……玩得不太好呢。」

「妳不用特地說得這麼客氣。」

「你玩得超爛的。」

「妳不要一直強調啦……原來妳也會說這種玩笑話啊。」
「你覺得我是那種完全不會開玩笑的人嗎？」
愛理沙一副真沒想到你會這樣想的表情，瞪了由弦一眼。
由弦聳聳肩後，愛理沙又重新講了一次。
「你玩得不太好，是平常沒在玩這款遊戲嗎？」
「嗯……真要說起來，我沒什麼在玩遊戲。」
「你明明有這麼多遊戲，卻不太玩嗎？」
愛理沙一邊側眼看著由弦準備的遊戲片們，一邊說道。
從最新的遊戲到老遊戲，至少有五十片。
以旁人的眼光來看，自然會覺得他很喜歡玩遊戲吧。
「因為我很容易膩……」
「你果然是那種東西買回來就滿足了的人嗎？」
「妳說果然？」
「因為你的廚房設備莫名齊全……像是鐵鍋或是壓力鍋等。」
由弦說自己是個不太下廚的人，卻有一些一般家庭廚房不會有的調理器具。
愛理沙就是從這點判斷由弦是個「沒有要用，只為了買而買」的人吧。
……因為真的是這樣沒錯，所以由弦也無法否認。

「我記得起居室裡也有很多用來鍛鍊肌肉的器材吧。」

「啊……嗯，我偶爾會用……先說我是真的有在鍛鍊身體喔？我會跟朋友一起上健身房。」

「真的嗎？」

「……我才不會撒那種無聊的謊。不過妳要確認一下嗎？」

由弦抓著上衣，放話說既然妳不相信就只好給妳看證據了之後，愛理沙的臉便染上了一片緋紅。

接著她連忙別開視線。

「不、不用……不用了。」

她果然對男性沒什麼抵抗力。

她會被人說可愛，除了長相之外，也和她的個性跟反應有關吧。由弦擅自這樣解釋了。

「對了，雪城，妳要不要喝點東西？」

可愛歸可愛，但她一直這樣害羞下去也很尷尬。

由弦為了轉換話題而開口問她。

現在時間是下午兩點半左右，正好是個適合吃點心的時間。

「啊，那我就不客氣了。」

「我知道了……喝咖啡可以吧？」

「有牛奶跟砂糖的話就可以。」
「有喔。那我現在去泡。」
雖然說要泡，但他並不是要燒開水來泡咖啡。
只是把馬克杯放上裝設在廚房裡的咖啡機，按下按鈕而已。
由弦雙手拿著兩個馬克杯，回到了起居室，將馬克杯放在桌上。
愛理沙挑了挑眉。
「還真快呢。」
「因為我有咖啡機。」
「原來如此，那個機械聲是咖啡機的聲音啊。」
「沒錯……我去拿牛奶和砂糖過來。」
由弦說完後就去廚房拿了牛奶和砂糖。
然後順便從冰箱裡拿出了他事先買好的蛋糕。
「我回來了。」
「歡迎回來……高瀨川同學，那個是這附近很有名的店家吧？」
她好像注意到由弦手上拿著蛋糕了。
雖然她有控制住臉上的表情……但視線還是不斷移向裝了蛋糕的盒子。
「啊，妳知道這家店啊。妳能吃甜食吧？」

「嗯，我算普通地喜歡吃甜食吧。」

那真是太好了。由弦放心地打開盒子。

裡頭放了草莓鮮奶油蛋糕和巧克力蛋糕。

「妳要吃哪個？」

「呃、呃……等一下。」

愛理沙非常認真地點頭評判，開始煩惱了起來。

翡翠色的視線左右來回了好幾次。

在煩惱許久之後，她選了草莓鮮奶油蛋糕。

根據消去法，由弦吃的是巧克力蛋糕。

他們將蛋糕放到盤子上，立刻吃了起來。

不愧是小有名氣的蛋糕店，果然好吃。

由弦仔細品嚐蛋糕的味道後……開始觀察愛理沙的表情。

她的感想……根本不用問呢。

（太好了，她吃得很開心。）

她的臉部表情放鬆下來，臉頰微微泛紅地將蛋糕送入口中。

吃進嘴裡的瞬間滿足地瞇細了眼睛，嘴唇勾出了小小的弧線。

她笑彎了眼尾，露出了感覺像是在作夢……那樣的表情。

她接著喝了一口咖啡，瞬間板起面孔。

看來牛奶跟砂糖加的不夠多。

「……你在笑什麼啊。」

「不，抱歉，因為很有趣。」

「你真失禮耶。」

愛理沙不悅地皺起眉頭。

她邊說邊把牛奶和方糖加進咖啡裡的樣子有點好笑。

「抱歉、抱歉……哎呀，不過妳吃得開心真是太好了。」

由弦稍微笑著這樣說完後，愛理沙的臉上浮現了不滿的表情。

不過她依舊沒有停下叉子。

然後一將蛋糕送入口中，表情馬上又軟了下來。

「算了，我原諒你。不過……原來高瀨川同學你也知道這種店啊。」

「與其說知道……不如說我常跟朋友一起去啊。」

由弦這樣說完後，愛理沙瞪大了眼睛，一臉驚訝的樣子。

她驚嚇過頭，連拿著叉子的手都停住了。

「喂喂喂，妳這反應也太誇張了吧。」

「啊，嗯……對不起。你說朋友，呃，是班上的同學嗎？」

「不是，是佐竹宗一郎和良善寺聖……妳知道是誰嗎？」
「我有聽過他們的名字。但要問我能不能把長相和名字對在一起，我就不是很確定了。」
他們才入學不到兩個月。
就算已經記住班上同學的長相了，不記得其他班的人也不是什麼怪事。
不如說光是聽過名字就讓由弦很吃驚了。
「怎麼，那兩個傢伙很有名嗎？」
「在班上的女生之間……偶爾會提起他們的名字。呃，說他們兩個長得很好看。」
「唉，他們是長得不錯啦。」
真要說起來，以人類、以男性而言，由弦也不得不承認他們長得不錯。
特別是宗一郎。
「……——也一樣就是了。」
愛理沙小聲地說了些什麼。
因為太小聲了，由弦沒能聽清楚。
「妳說了什麼嗎？」
「不，沒事。」
由弦就算回問她，愛理沙也只用若無其事的表情如此回答。

※

「這麼說來，雪城。」

「什麼事？」

在玩遊戲的途中，由弦開口向愛理沙搭話。

愛理沙回應他，視線仍看著遊戲畫面。

幾小時前她還連怎麼操作都不會……現在已經熟練到可以邊玩邊和由弦說話了。

不過有很大一部分的原因是她的對手由弦玩得太爛了。

「妳做的菜很好吃，真的非常美味喔。」

這瞬間，愛理沙操控的角色做出了奇怪的動作。

看來她按錯了按鍵。

「是嗎？」

愛理沙用平板的語氣回話。

……由弦的腦中想起了自己以前只是誇讚她做的菜，愛理沙就嚇了一跳，非常容易害羞的樣子。

（……這樣我或許能打贏她？）

一路輸到現在，由弦也差不多想要贏個一場了，於是採取了心理戰術。

「馬鈴薯燉肉很好吃呢。甜味和鹹味的比例正好，而且吃起來濃郁又香醇，是柴魚高湯的功勞嗎？」

「因為現在是新鮮馬鈴薯和洋蔥正好吃的季節。」

「妳做給我喝的味噌湯也是一絕呢，配料和高湯間的平衡恰到好處。況且妳是用柴魚和昆布來熬高湯這點真的很厲害，畢竟最近的高湯粉做得不錯，不擅下廚的人自己熬高湯，煮出來反而不好吃……但果然廚藝好的人現熬的高湯，吃起來完全不一樣呢。還有這個雖然是我個人的喜好問題……啊！」

因為由弦顧著想要怎麼誇獎愛理沙的料理，不夠專心，結果吃了愛理沙的角色施展出的必殺技，徹底地輸了。

「這就叫做聰明反被聰明誤。」

「妳注意到了啊。」

「因為你這些明顯是客套話啊。再說也太突然了。感覺就是刻意說這些話的。」

一切正如她所言。

不過裡頭還是有一些需要訂正的地方。

「我說過頭的這些話是事實。或許在妳聽來很像客套話吧，可是我是真的覺得很好吃喔。對味道的感想也是真的。」

「是嗎？畢竟我還滿擅長下廚的，不可能會做出難吃的東西。」

該說每次都用同一招是沒用的嗎？

聽了由弦的誇獎，她也未顯動搖，露出了一如往常的笑容。

難得都聊到這裡了，由弦便以下廚為主題，繼續聊了下去。

「妳喜歡做菜嗎？」

「……也不是這樣，我只是做習慣了。事實上我平常的確會在家裡做菜。」

「哦～還真厲害耶。能吃到妳做的菜的人真幸福。」

「……是嗎？」

他說完之後，愛理沙的臉上露出了些許笑意。

那和害羞的笑不同，是有如在嘲弄自己的諷刺笑容。

「就算是客套話也好，要是他們會像高瀨川同學這樣誇獎我做的菜，也就不枉費我下廚了。」

「我這不是客套話。是真的很好吃，甚至讓我還想再吃的程度。」

「……這樣啊。」

接著愛理沙轉身面向由弦。

她端正地跪坐著，挺直了背脊……一副打算重新正式開口的樣子，用纖長睫毛下的翡翠色雙眼直視著由弦。

由弦也不禁坐直了身體。
「怎、怎麼了？」
「那你今天要吃嗎？」
「咦？」
「畢竟你也請我吃了蛋糕。不介意的話……我來做晚餐吧。你如果不想吃，可以拒絕我沒關係。」
她說出由弦意想不到的提案。

大約五點半的時候。
白飯。
蔥花豆腐味噌湯。
和風漢堡排（搭配白蘿蔔泥、烤香菇、水煮花椰菜）。
燉煮過的根莖類蔬菜。
涼拌菠菜。
高湯煎蛋捲。
涼拌豆腐。
餐桌上擺滿了超乎想像的豪華餐點。

比以前愛理沙做給由弦吃的時候還多了兩道菜。

「這麼說來……妳之前有說過，妳平常都會準備超過四道菜。」

由弦喃喃說道。

她那時候沒有說謊，是真的平常就會做三菜一湯再加個什麼配菜吧。

由弦很驚訝。不過愛理沙倒是一副稀鬆平常的樣子。

「這沒什麼了不起的。再說涼拌豆腐這種東西，不過就是買豆腐回來端上桌而已。」

就算不算那一道，也有四道菜。

如果她平常就得像這樣下廚……應該相當辛苦吧？

說是這樣說，但由弦並未開口關切這件事。

「不好意思啊，勞煩妳做了這麼豪華又美味的一桌菜。」

「這是蛋糕跟遊戲的回禮。而且材料費是我們對分，我也會一起吃……反正我平常就有在下廚，不是什麼大事。」

「不……蛋糕跟遊戲是我用來感謝妳來照顧我的回禮啊。妳又回禮回來，這樣我也很頭痛啊。」

由弦苦笑著說道。

感覺這種彼此欠來欠去的應酬，讓很多事情都變得不是很乾脆。

「是說你們家平常是妳在做飯吧？那個……妳不用煮家人的晚餐沒關係嗎？」

由弦忽然在意起這件事，問了愛理沙。

愛理沙已經有和養父母聯絡過，說要做晚餐給由弦吃，自己也會留下來一起吃飯。

由弦因為想再吃愛理沙做的飯，所以接受了她的好意……但有點擔心做這種事，會不會害愛理沙被養父母責備。

「我說了想親手下廚做飯給高瀨川同學吃之後，他們就叫我去抓住你的心跟胃了。就這麼想要收聘金嗎？」

愛理沙的嘴角微微上揚，輕輕哼笑了一聲之後如此說道。

那笑意像是在自嘲，也有點瞧不起人的樣子。

「心先不提，妳是已經抓住我的胃了啦。」

「你還真會說話。」

「不，我是說真的。我甚至有好一陣子為了雪城戒斷症狀而煩惱不已呢。」

「真是無聊的玩笑話……趕快吃吧，飯菜要涼了。」

愛理沙一副受不了的樣子，用冷淡的語氣這麼說。

比起飯菜，現場的氣氛先冷下來了。

由弦雙手合十之後拿起筷子。喝了一口味噌湯。

「嗯，這次也很好喝呢。」

「是嗎？畢竟我的做法沒變，煮出來的味道當然跟之前一樣吧。」

「能夠穩定地煮出同樣的味道，不就表示妳的廚藝真的很好嗎？」

「你這話太客氣了。只要記住所需的分量，這也不是什麼大不了的事。」

愛理沙冷淡地回話。

由弦覺得繼續說下去也只會顯得像是表面話而已，便不繼續針對愛理沙做的菜發表詳細的感想了。

儘管沒說出口，由弦還是一邊想著真好吃，一邊動著筷子。

這時候……

「……真的有那麼好吃嗎？」

大概在吃了一半之後，愛理沙這樣問由弦。

由弦很疑惑，不知道她為什麼事到如今了還問這種話。

「我剛剛不是告訴過妳了嗎？」

「不是……是因為你真的吃得一副津津有味的樣子。」

愛理沙說完之後，看向菜幾乎都吃光了的由弦的盤子。

然後用跟平常一樣冷靜的聲音問道。

「你要再吃一點嗎？漢堡排、燉菜和味噌湯都還有剩。」

「那我還想再多吃一點。」

「這樣啊。」

愛理沙從由弦手中接過空盤，站了起來。
接著轉身背對由弦，走向了廚房。
雖然看不到她的表情……
但由弦確定，自己已經讓她了解到那些話並不是客套話了。

※

飯後，由弦一路送愛理沙送到了她家。
愛理沙雖然說送到車站就好了……然而就算現在路上沒那麼暗了，讓女孩子一個人走夜路依舊讓人不太放心。
真要說起來，愛理沙會這麼晚回去，也是因為她做了晚餐給由弦吃。
「高瀨川同學意外地也有紳士的一面呢。」
愛理沙忽然感慨地說了這種話。
儘管由弦不覺得自己有多紳士，但她口中的「意外」還是讓由弦有些受挫。
「妳那句意外是怎樣啊？意外。」
「要是惹你不高興了，我道歉。不過……看到你會若無其事地主動走在靠馬路的那一側，我才意識到你也有這一面。」

和女孩子並肩走在路上時，要讓對方走在靠人行道的那一側，是由弦的父母和組父母的教誨。

男人就該保護女人……在現在看來或許是有些守舊的想法。然而高瀨川家就是這樣的家庭。

「是父母訓練我的啦。這說起來也有點尷尬，但我家就是那種留有老派價值觀跟封建思想的家庭，覺得是男人就該保護女人。唉……我拄著拐杖的時候沒能實踐這件事就是了。」

由弦這樣說完後，愛理沙便陷入了沉默。

她微微低下了頭。

那被街燈照亮的端正容貌……變得憂鬱了些。

「難道我給你添麻煩了嗎？」

「嗯？妳……怎麼忽然這麼說？」

「我擔心因為我多事……害高瀨川同學被父母責備了……」

也就是說，因為身為女孩子的愛理沙保護了身為男孩子的由弦，違反了他們家的家教，所以她可能害得由弦因此挨罵了……

愛理沙似乎是在擔心這件事。

「怎麼會！我們家再怎麼說觀念也沒有死板到那種程度啦。況且我父母本來就是採放任主義。妳想太多了啦。」

「……這樣啊。那就好。」

愛理沙鬆了一口氣。

可是她的臉上仍殘留著些許憂鬱的神色。

她似乎依舊很擔心自己的行動會害由弦被父母斥責。

「雪城妳在那之後還好嗎？」

「……那之後是指？」

「相親完回家之後……妳有被說些什麼嗎？」

愛理沙沒有回答由弦的提問。

然而事實勝於雄辯，她陰鬱的表情與沉默證實了由弦的疑惑。

「妳被罵了嗎？」

「……是我不好，你不用介意。」

愛理沙用抗拒的語氣說道。

她的態度像是要拒人於千里之外，在自己和由弦之間築起一道高牆。

然而……看起來也顯得非常哀傷、難受。

由弦認為硬是深入追問也只會被她拒絕，傷害到她而已。

但他也不覺得無視這件事是最好的答案。

「既然妳這樣說，我就不會再過問妳的狀況了。」

「你能這麼做那真是太好了。我不能再給高瀨川同學你添更多麻煩……」

「我一點都不覺得麻煩就是了。」

由弦打斷愛理沙的話。

然後他沒看向愛理沙，繼續看著正前方……像是在自言自語地說道。

「成了妳訂婚的對象後，我就絕對不是跟妳家的狀況毫無關係的局外人。」

他絕非幫不上半點忙的外人。

由弦將這點傳達給愛理沙後，又基於此繼續說道。

「只是我畢竟不是妳真正的訂婚對象，所以我會尊重妳的意見。如果覺得我多管閒事，就說我多管閒事；覺得我造成了妳的困擾，就說妳很困擾；討厭我這樣做，就說討厭。我希望妳能明白地告訴我妳的感受。」

經過了一段沉默後，愛理沙以清晰的聲音答覆由弦。

「我目前並不想向高瀨川同學求助。你有點太小題大作了……你這是在多管閒事。」

「這樣啊。唉，也是啦。」

就算由弦真的去警告愛理沙的養父母，也難保他們真的會照由弦所想的那樣行動。

如果對方不是太蠢，應該說，要是對方很蠢，說不定會讓情況變得更糟。

愛理沙承擔不起這樣的風險，由弦也沒辦法為此負責。

「不過高瀨川同學。」

「嗯。」

「謝謝你願意尊重我的意見，這點真的讓我很高興。」

愛理沙說這句話時的聲音比平常溫柔多了。

過了一段時間後，他們走到了能夠看見愛理沙家的位置。

愛理沙轉身面對由弦，向他鞠躬，像是在表達送到這裡就好了。

「今天謝謝你，我玩得很開心。」

說著這句話的愛理沙，臉上的表情和平常一樣冷靜。

不過由弦覺得她這話不是在說謊。

「我也玩得很開心喔。晚餐也很好吃。」

「我就老實地接受你的感想吧……畢竟你吃了很多。」

愛理沙聽了由弦的誇獎後，輕輕點頭。

然後她看起來像是思考了一下之後……開口說道。

「高瀨川同學……我下週還能再去你家玩遊戲嗎？作為交換，我會做飯給你吃的。」

「下週？喔，可以啊。畢竟還有妳沒玩到的遊戲……不過不用特別做什麼事情來『交換』喔？不過就是玩遊戲。當然妳願意做的話，我也很樂意吃就是了。」

由弦不想強迫愛理沙做飯。

只是讓她玩遊戲跟請她吃個蛋糕而已……在由弦的價值觀裡，讓她做飯來回報這些事情實在太超過了。

「不是這樣……我換個說法吧。請讓我做飯給你吃，這樣我也比較輕鬆。」

「啊……是這樣啊。」

如果不做飯給由弦吃，就表示她得早點回天城家做飯。

由弦是不清楚天城家詳細的家族構成……但只做由弦和愛理沙兩個人的份，需要付出的勞力比較少吧。

也就是說她想要偷懶。

「這我很樂意幫忙……妳要每天都來做飯也行喔？」

由弦半開玩笑地這樣說了之後……

「呵呵……我會考慮的。」

愛理沙露出了分不清她是在開玩笑還是認真的笑容。

※

每週六，愛理沙都會去由弦家玩遊戲，做完晚餐後再回去。

這樣的關係持續了約一個月。

六月中旬。

「喂，有什麼事啊？爺爺。」

『我沒事不能打電話給我孫子嗎？』

「你從來就不會沒事打電話給我吧？有事快說啦。」

由弦這樣回答後，爺爺便開始碎碎念起來，說著「雖然是這樣沒錯，但你也不用這麼冷淡吧」之類的怨言。

沒耐心等下去的由弦又催了他一次之後……

『你知道下週的今天是什麼日子吧？』

「我哪知道啊。」

『這可不是開玩笑的時候喔？是重要的大日子。』

就算爺爺說是重要的日子，但他不知道的事情就是不知道啊。

就在由弦疑惑地想著那天到底是什麼日子的時候……

『是生日。是天城家女兒的生日喔。』

「啊～這麼說來……的確是那天？」

在相親之前收到的資料上，應該有寫上她的出生年月日。

儘管她外表看起來是那樣（不，說不定就跟外表看起來一樣），但她的生日比由弦還早。

『真是的……你真的有心要當人家的未婚夫嗎？』

「嗯、嗯……」

生日完全是個盲點。

如果是感情很好的情侶，一定會記得彼此的生日的。

「謝啦，爺爺。嗯，我會準備禮物的。」

『嗯……快讓爺爺抱曾孫吧。』

「那你還要再努力活個六年喔，因為我到大學畢業前都不打算結婚。」

由弦說完這句話之後就掛了電話。

「好了～該怎麼辦呢？」

他嘆了口氣。

※

因為是要傳達給重要對象的心意，所以別想弄什麼驚喜，老實地去問對方。

這是由弦的損友，也是女性公敵——佐竹宗一郎給的建議。

然而。

那只適用於表達平日的感謝的回禮上。

生日禮物果然還是不太一樣。

說起生日禮物，「對方到底會送我什麼呢～」這種期待感果然也是很重要的一環吧？

這是由弦的想法。

那麼，上次雖然問了宗一郎……但意外地知道了他派不上什麼用場。

聖……考慮到他們家的生意，他應該知道該如何攻陷（或是說誆騙）女生吧。然而由弦也沒打算要攻陷愛理沙。

這種事情果然還是直接問女孩子比較快。

由弦如此判斷後，傳了訊息給自己的青梅竹馬。

※

隔天。

放學後，由弦來到了青梅竹馬的班上。

「對不起喔，由弦弦，我已經有宗一郎這個互許終身的對象了，所以沒辦法接受你的愛……」

如同黑色綢緞般的長髮，偏紅的琥珀色眼睛。

雪白的肌膚配上帶點異國風情的容貌。

長相自然不用說，身材也像模特兒那般勻稱的女孩子。
由弦和宗一郎共同的青梅竹馬之一。
橘亞夜香對由弦這麼說。
「我幾時說我喜歡妳了啊？」
由弦無奈地回應。
不過她本來就是這個調調，介意這些也沒用。
他們畢竟是從嬰兒時期就一起長大的。
「事情就像我說的那樣。我有個女性朋友，我想送她生日禮物。」
「嗯～首先，由弦弦你啊，喜歡那個女生嗎？」
「不喜歡。」
「那不要送她飾品比較好呢。」
「我想也是。」
本來他也就不清楚愛理沙的喜好，沒辦法送她。
就算買了蒂芬妮給她，也只會被拿上網去轉賣吧。
……雖然他不認為愛理沙是會拿人家送她的禮物上網轉賣的女孩子啦。
「你們是什麼關係？」
「一言難盡的關係。」

他不可能說出兩人之間有假婚約的事，也不能讓亞夜香暗中察覺到這件事。

畢竟橘家的情報網不可小覷。而且別看亞夜香這樣，她腦筋很好，也很敏銳。

要是隨便說了什麼，亞夜香一定馬上就會追查出由弦和愛理沙的關係吧。

……說不定她早就已經掌握住這個情報了。

「是女性朋友，只不過……不是像妳這樣從小就認識的對象。然而我跟她也不是說不熟……也就是說雖然我們的關係還不錯，但仍保有恰當的距離感。而且我今後也想繼續跟她保持良好的關係。」

「喔～也就是說不是在交往或暗戀的對象，雙方只是朋友，可是和普通的朋友又不一樣，有什麼更深的關聯性，共享某種利益……像是夥伴那樣的關係？」

「……………………嗯，大概是吧。」

這傢伙為什麼那麼敏銳啊？

由弦在內心裡嚇得冷汗直流。

「由弦弦，你不是每年都會送我點心禮盒嗎？送那種禮物不行嗎？」

由弦和亞夜香是從嬰兒時期就認識的青梅竹馬。

基於道義，生日時當然會送對方禮物。

而由弦每年會送她的，多半是比較耐放的餅乾類點心禮盒。

「不……唉，這我也是有想過。可是那個……有種只是基於道義而送的感覺吧？」

「嗯，畢竟那種東西拿來當成歲末或是中元節的贈禮也沒什麼問題呢～」
由弦和愛理沙的關係基本上是婚約對象，也是情侶。
送這樣的對象跟送青梅竹馬一樣的禮物……他事後一定會被祖父母唸吧。
而且說起甜點，只要準備蛋糕就好了。
這樣蛋糕會跟禮物重複，感覺不太好。
在他們兩個人如此煩惱著的時候……
「哎呀哎呀？由弦同學跟亞夜香同學，你們兩個在聊些什麼？」
另一個女孩忽然從走廊那邊探頭過來。
明亮的棕色頭髮，榛果色的眼睛。
日本風的端正五官。
身高比較矮一點，但胸部也因此顯得更為突出。
她是由弦的青梅竹馬之一。
上西千春。
雪城愛理沙、橘亞夜香、上西千春，再加上另一位名叫凪梨天香的少女，這四個人是校內公認的美少女。
順帶一提，由弦雖然沒有直接和凪梨天香交談過，但和她同班的聖說「那女人跟惡魔沒兩樣」。

「由弦弦啊，說他想送女生禮物啦。」

「哦～由弦同學的春天也來了嗎？居然不找我商量，真見外～」

「我是打算問完小亞夜香之後就去找妳商量的。還有這不是什麼春天來了。」

由弦否認之後，在心裡嘀咕著，這兩個人湊在一起會很吵啊。

由弦並非討厭她們，兩人也算是他親近的朋友，只是這兩個人情緒都比較高昂，湊在一起話匣子就停不下來了。

雖然這麼說，說出來只會讓她們更吵，所以由弦打算盡快解決這件事。

「所以說小千春，妳收到什麼禮物會開心？」

「你是問點心以外的禮物吧？這個嘛～化妝品之類的東西如何？」

「化妝品？那種東西……我完全搞不懂耶。」

送化妝用品那種東西不是只會給人添麻煩嗎？

由弦疑惑地歪著頭。

「如果是正式的化妝品，是會有個人喜好的問題啦。不過化妝水、護唇膏，或是沐浴用品一類的就……如果不是太奇怪的東西，我收到就會用。」

「這種類型的東西確實很方便呢。而且也還算在剛好不會讓對方產生誤會的範圍內。」

亞夜香也同意千春的意見。

如果是這種東西，也和他送亞夜香或千春的禮物有所區隔，或許是個不錯的選項。

「原來如此～嗯，謝謝妳們。剩下的我會自己去查。」
「有好結果的話要告訴我們喔～」
「男人就要靠膽量！」
「我說了我不是在談戀愛吧。」
由弦嘆了一口氣之後，離開了那裡。

※

過了大約一週後的週六。
六月二十五日。
那天正好是她生日……的前一天。實在是沒那麼剛好撞上她生日當天。
由弦和平常一樣，跟愛理沙一起玩了一下遊戲。
然後中間稍事休息，和平常一樣吃了蛋糕。
「總覺得總是在讓你請我吃蛋糕，真不好意思。」
「照妳這樣說，我也都在麻煩妳做飯給我吃啊。」
這方面是彼此彼此。
由弦這樣說完之後……像是忽然想起了這件事，有些強硬地起了頭。

「說到蛋糕。」
「怎麼了嗎？」
「生日快樂。明天是妳生日吧？」
「…………啊，這麼一說，的確是呢。」
愛理沙稍微停頓了一下，反應像是終於回想起了這件事。
沒想到高瀨川同學會祝我生日快樂！
完全不是這種驚訝的反應。
「……妳該不會忘記自己的生日了吧？」
「這……日期我是記得。但我平常不會特別在意。」
愛理沙稍微別開了目光，如此答道。
看來她是真的沒意識到自己的生日要到了。
……該不會因為家裡的狀況，所以從來沒人幫她慶祝吧？
由弦非常同情她。
「是說高瀨川同學為什麼會知道我的生日？」
「因為相親時的資料上有寫……還有祖父最近有為此聯絡過我。」
「原來如此……說得也是。既然訂了婚，得記住彼此的生日才行呢。我完全忽略了這點。」

「唉，幸好我祖父對我沒記住妳的生日這件事沒特別起疑，所以放心吧。雖然他很傻眼啦。」

由弦這樣回答後，愛理沙歉疚地稍微低頭行了個禮。

「……很抱歉我沒有告訴你。」

「這方面我們算是彼此彼此啦。順帶一提，我的生日是……十月十六日。請多關照嘍。」

由弦說完之後，她便把這件事記錄到了手機裡。

這樣愛理沙就不會忘記由弦的生日了。

「所以說雪城。」

「是？」

「我當然準備了生日禮物要送妳。」

由弦拿出事先藏在暗處的可愛紙袋這麼說完後……

這次愛理沙真的驚訝地僵住了。

※

「這個……該怎麼說呢。非常感謝你。」

愛理沙一臉困惑地接過了紙袋。
以平常總是表現得很平靜的她來說，她的內心正難得地動搖著。
說不定……這是從由弦第一次誇獎她做的菜以來，她首度顯得如此動搖。
「就算你只是為了『演戲』才送我的，我也很高興。」
愛理沙稍微笑瞇了眼。
那跟她平常在學校露出的那種像藝術品的笑容不同，是自然的微笑。
只有一點點、一瞬間……由弦心動了一下。
（……這雖然很養眼，但對心臟不太好啊。）
他不喜歡愛理沙死氣沉沉的眼神，或是像藝術品那樣，刻意擺出的不自然笑容。
然而他真心覺得愛理沙自然的笑容真的很漂亮、很美，棒透了。
「要說是演戲……也不算就是了。即使沒有婚約對象這層關係，因為我們交情還不錯，所以我才準備了禮物。」
「……是這樣嗎？」
「因為我們是朋友……該不會只有我覺得我們是朋友吧？」
由弦忍不住搔了搔自己的臉頰。
如果是由弦的一廂情願（當然不是指戀情而是友情），那就太丟臉了。
愛理沙聽了之後連忙搖頭。

「不、不是……對不起，因為我不太懂這種事情，被你一問我們是不是朋友，就……」

「……妳也不是沒有朋友吧？」

「也是……如果中午會一起吃便當和閒聊這種程度的關係就算是朋友，那我是有很多朋友。」

愛理沙用極為冷淡的口氣這麼說。

她的綠色眼睛變得暗沉，毫無神采。

「我至今也不是沒有去同學家玩過，不過……交情有好到這種程度的，高瀨川同學你還是第一個。」

愛理沙總是一視同仁地對待所有的同學。

所以雖然沒有特別交惡的對象，卻也沒有任何特別要好的朋友。

她對其他人的態度沒有分別。

只是在自己和他人間築起了一道透明又堅固的牆。

這就是雪城愛理沙和他人相處的方式吧。

由弦也了解她為什麼會對生日毫無興趣了。

因為根本沒有要好到會幫她慶祝生日的對象。

「第一個啊……這是一件很榮耀的事嗎？」

由弦覺得認真看待這件事也只會讓氣氛變差，所以半開玩笑地這樣說。

愛理沙似乎也認為這樣比較輕鬆，用開朗的語氣回應他。
「是啊，非常榮耀。你該感到榮幸。」
接著愛理沙憐愛地摸了摸由弦給她的紙袋。
然後抬頭看著由弦。
她那平常像是結凍的湖面那樣冰冷又毫無生氣的眼睛……好像變得溫暖了些。
「十月我也會準備什麼禮物給你的。」
「我很期待。」
由弦這麼回答。
愛理沙輕輕點頭後，先把紙袋放到了地上。
可是她又馬上開始躁動起來……再度拿起了紙袋放到自己的腿上。
接著開口問由弦。
「我可以看裡面是什麼嗎？」
「可以、可以。不如說讓我聽聽妳的感想吧。也算是作為往後的參考。」
考慮到他們在大學畢業前都得維繫著這段「婚約」，現在先了解愛理沙的喜好也是相當重要的事。
「那我就不客氣地說出自己的感想了……這是沐浴用品嗎？」
由弦送給愛理沙的是沐浴組。

散發出好聞香氣的肥皂、洗髮精、潤髮乳，以及小手巾的組合。

他也煩惱了一下是不是要送化妝水或護手霜、護唇膏一類的東西……

但考慮到接下來就是夏天了，所以選了沐浴用品。

「這是很有名的品牌吧？這不是還滿貴的嗎？」

愛理沙的聲音中似乎帶著喜悅與困惑。

交雜著收到了不錯的東西而高興的心情，以及讓人破費買了感覺很貴的東西送她的歉疚感……這樣的語氣。

「所以怎麼樣？妳的感想。妳可以嚴格地評論沒關係。」

「難得收到人家的禮物，要我用那種高高在上的態度給評論這種事，我辦不到……不過，這個嘛……

我覺得自己收到了遠比我預期中還要更好的禮物。大概是這種感覺。我完全沒想到會收到這麼棒的禮物。」

愛理沙的語氣有些雀躍。

雖然依舊維持著平靜的表情，但臉頰微微泛紅。

「我從來沒有收過、買過，也沒有用過這一類的東西，所以我真的……真的……很高興。」

愛理沙說完後，輕嘆了一口氣。

她翠綠色的眼睛漸漸失去光彩，蒙上一層陰霾。

「只有我喔。大家，當然也包含了我名義上的妹妹，還有同學，大家都有。」

愛理沙的眼睛開始濕潤了起來。

語調也激動了些，身體微微顫抖著。接著愛理沙一下子低下了頭。

用亞麻色的頭髮藏住了她的表情。

「我雖然裝作沒有興趣的樣子，但我其實很想要。我很羨慕大家，卻又不可能叫人買給我……對不起，我有點太情緒化了。」

愛理沙說完之後，轉身背對由弦。

她的肩膀輕輕抖動著。

過了一段時間，傳來她深吸一口氣又吐出來的聲音。

愛理沙又重新轉身回來時……她已經找回了一如往常的平靜。

儘管……她的眼睛有些紅紅的。

「我剛剛說的事麻煩你當作沒聽見。」

「這樣啊。那我就當作沒聽見了。」

如果只是抱怨，要他聽多少都行。

由弦本來想這樣說。但他察覺到愛理沙的想法，便決定什麼都不說了。

他之前就已經跟愛理沙說過，想求助的話他隨時都願意幫忙。

也說了他會尊重愛理沙的意見。

愛理沙是在這樣的前提下，要他裝作沒聽到的。

既然這樣，他也沒什麼好多說的。

「總之，這表示我明年也送類似的東西就可以了吧？」

「嗯……拜託你了。」

不過……

如果只是找些理由來實現她的願望，或是提供她一個避風港這種程度的事，應該能得到她的諒解吧。

由弦心裡這麼想。

※

到了這天的晚上。

由弦一如往常地送愛理沙回家。

「高瀨川同學，雖然我之前就這麼想了……」

「怎麼了？」

「你和我待在家裡時明明只穿T恤，出來外面時卻會披上夾克……我覺得這個季節，外面應該比家裡更熱啊。」
愛理沙這麼說，語氣中感覺帶了一點刺。
對由弦來說，既然要出來外面跟愛理沙走在一起，就得穿得像樣一點才行。
所以才會披上夾克，打扮一下。
可是愛理沙似乎不是很滿意由弦這樣的態度。
因為基本上應該沒人喜歡讓一個打扮得很難看的人走在自己旁邊……
「也就是說，你希望我跟妳兩人獨處時也稍微注重一下打扮是嗎？」
「對。你明明會在意他人的眼光，卻不在意我的眼光，讓我覺得你不太尊重我。」
由弦也聽懂她的言下之意了。
簡單來說就是沒把她當女孩子對待，讓她很不高興。
「可是我不太懂耶。妳也不是喜歡我吧？儘管如此……還是希望我在意妳嗎？」
「我反問你，高瀨川同學，要是我頭髮睡得亂七八糟，全身穿著運動服就跑去你家，你會怎麼想？」
「不，這我當然是不希望看見妳這個樣子。但不是，我也沒到那種程度吧？我覺得自己是做很普通的打扮啊……只是披上夾克，看起來就還滿像樣的了吧？難道……我這樣很俗？跟全身運動服差不多？」
由弦不覺得自己的服裝品味特別好，但也不覺得有差到哪裡去。

然而被愛理沙這麼一說，讓他開始擔心了起來。

「這點你可以放心。我覺得你的品味還不錯。」

「那……」

「如果你真的全身運動服，那我反而還可以接受。我覺得有問題的不是服裝品味，而是高瀨川同學你的態度。也就是說……你只有外出時會整理頭髮，披上夾克吧？感覺就是在我的面前只會拿出六成的實力，出來外面時卻會發揮八成的實力，這讓人……有點不悅。」

被她這麼一說，由弦的態度或許真的不太好。

畢竟是由弦先拜託她，如果有討厭的事情就說討厭，有感到不快的事情就說不快的。比起她一直累積在心裡，明白地說出來還比較輕鬆，不如說幫了大忙。

在由弦想著自己得反省一下的時候……這次愛理沙用完全不同於剛剛強勢的口氣，歉疚地出聲。

「抱歉，我剛剛說得太過火了。那個……我知道的。真要說起來，那裡本來就是高瀨川同學家，高瀨川同學當然有權放鬆地待在那裡，是我去打擾的。只是……那個，我還是滿在意高瀨川同學的。」

「……妳很在意我嗎？」

由弦以為自己對愛理沙來說只是路邊的小石頭……是沒那麼誇張啦，但也只是單純的合作夥伴那樣的玩意。以一個男性而言，他以為愛理沙根本沒把他放在眼裡。

所以剛剛愛理沙的這番話讓由弦有點吃驚。

「請你別誤會……我當然沒有把你當成戀愛對象來看待。只是……我還是把你視為是一個男性……難道是我搞錯了嗎？」

「不，我的確是男的……原來妳也會說這種玩笑話啊。」

「請你不要開玩笑帶過……我是認真地在說。我明明把你當成男性來對待，你卻沒把我當成一個女性來對待，這樣不是不太公平嗎？」

愛理沙嘟著嘴說道。

她的臉頰在夕陽映照下，染上了些許的紅暈。

由弦重重點頭。

「妳說的沒錯。對不起，我仗著妳的親切，太沒顧慮了。下次我會注意的。」

「你能那樣做的話那就太好了。」

這一天，他跟愛理沙之間的距離瞬間縮短了。

由弦有這種感覺。

※

隔天，週日。

這天是愛理沙的生日。

可是……對雪城愛理沙而言，所謂的生日就是字面上的意思，只是「她出生的日子」，不是什麼需要特別慶祝的玩意。

而這天晚上愛理沙也跟平常一樣，準備了全家人的晚餐。

養父和養母，以及名義上的妹妹。

名義上的哥哥是一個人住在外面的大學生，所以包含前述的三位加上自己，每天晚上準備四人份的晚餐是愛理沙的日課。

「吃飽了。」

「我吃飽了。」

「……」

養父和妹妹跟平常一樣打了招呼。

而養母也一如往常的什麼都沒說。

三個人接下來都沒再開過口，分別走向了自己的房間或是客廳。

（……算了，我自己都不記得了，他們不可能記得吧。）

就連愛理沙自己都會忘記自己的生日。

家人根本不可能會記得，她根本不該期待他們會說句「生日快樂」。

而且……以前愛理沙曾經對養父母說「我不需要辦慶生派對，也不需要禮物」。

那是她基於身為養子特有的顧慮和客氣才說的。

儘管並非真心話，但期待收到自己說了不需要的東西，因為得不到這些東西而心生不滿，這也說不過去吧。

愛理沙決定立刻忘記自己生日這件事。

「……唉。」

趁著家人都不在廚房附近，愛理沙嘆了一口氣。

老實說，愛理沙不算喜歡下廚。

只是……在這個家裡，愛理沙做飯是理所當然的事情，所以她自己也直接把下廚劃分為「理所當然」的事，默默地去做。

而且說起下廚，比起做飯，事後的收拾工作還比較麻煩。

愛理沙鬱悶地把家人吃過的碗盤疊在一起，拿去水槽。

（……高瀨川同學就會自己洗碗。）

她是沒有想叫家人洗碗，但好歹幫忙收一下吃過的餐具吧。

愛理沙總是在心裡這麼想，卻沒有勇氣說出口。

她一個人洗著碗盤。

在洗盤子的時候，忽然想到。

（……高瀨川同學就會說我煮的很好吃。）

好吃，真好吃。
想起會邊說好吃邊要她再添一碗飯的假婚約對象，愛理沙的表情變得柔和了些。
她絕對稱不上喜歡做飯。
只是……如果吃的人會說「好吃」，那要她做飯也不是不行。
愛理沙最近開始期待起週六的到來。
雖然只是從幫家人做飯變成幫由弦做飯……不過做兩人份跟做四人份要費的工夫果然還是不一樣。
而且由弦至少會幫忙做一些他做得到的事。
更重要的是，由弦會說出對飯菜口味的感想。
光是這樣，就讓愛理沙煮飯的幹勁大不相同。
而且……
（感覺在高瀨川同學家，比較能夠放鬆地吃飯……）
愛理沙和名義上的妹妹算是處得比較好……可是愛理沙和養父母之間的關係，縱使是說客套話也絕對稱不上好。
要和他們一起吃飯，對愛理沙而言簡直是苦難。
相較之下她就不用顧慮由弦。
所以不管兩邊同樣都是自己煮的飯，她覺得在由弦家吃的飯比較好吃。

（我那時候是不是說得太過分了……）

回想起昨天晚上，自己對由弦「說教」的事，愛理沙不禁有些厭惡起自己。

愛理沙在由弦家裡得以放鬆。

儘管如此，她依舊要求那個家的主人由弦要多顧慮自己，實在太傲慢了。

（……感覺好奇怪。）

愛理沙也不知道自己為什麼會這樣……但她不喜歡由弦不尊重她的感覺。

也不管對方不過是「假的婚約對象」，怎麼看待她根本就無所謂這點。

愛理沙希望由弦會顧慮她，想要得到由弦也很在意愛理沙的證據。

（該不會……）

難道自己喜歡上了高瀨川由弦嗎？

她的腦中瞬間閃過了這個想法。

不過……她就算想起由弦也不會覺得心跳加速，也從來沒有因此而臉紅。

應該是誤會吧。愛理沙不知為何鬆了一口氣。

（高瀨川同學也總有一天……就不會再說我做的菜「好吃」了吧。）

當愛理沙在由弦家做晚餐這件事成了「理所當然」的時候。

他一定就不會再對愛理沙道謝，說出自己對飯菜口味的感想了吧。

一想到這裡……愛理沙便覺得有些寂寞與無奈。

第二章 「高瀨川」由弦和雪城愛理沙

七月初的週五。
放學後，由弦正打算回家時。
「由弦弦，你明天有空嗎？」
走進教室裡的是橘亞夜香。
上西千春也跟在她身後。
麻煩二人組來了。由弦在內心皺眉。
「有什麼事？」
「我們明天想找大家一起開個讀書會。由弦弦你明天有空嗎？」
讀書會。
簡單來說就是因為再過兩週就是期末考了，所以大家一起開開心心地念書吧——這樣的提案。
「順帶一提，所謂的大家是指我、亞夜香同學還有宗一郎同學，由弦同學。」

成員中沒有良善寺聖，這是因為他跟亞夜香和千春沒那麼熟。
真要說起來，在上高中之前就認識聖的只有由弦而已。
雖然由弦和宗一郎、由弦和聖都是朋友，和他們有互相交流……
但聖和宗一郎之間並沒有這樣的互動。
他們兩個的關係會變好，是因為有雙方都是由弦的朋友這層關係在。
「抱歉，我不去。」
「咦～為什麼？」
「是我體貼，覺得打擾你們約會不好。」
「我們不介意喔？」
「妳們介意一下啦。而且我會介意啊。」
宗一郎、亞夜香、千春三個人營造出一個自己的小世界時，由弦總會覺得有些尷尬。
「可是由弦弦也會無視我們，和宗一郎卿卿我我的啊。」
「男生跟男生，女生跟女生一起和平相處嘛。」
「妳們兩個，可以不要在別人的教室裡大聲說那種會引人誤會的話嗎？」
雖然他不覺得刻意用這種說法的人會聽得進去就是了。
由弦在心裡嘆了一口氣之後，說了別的理由。
「再說我先跟人有約了。」

「咦？跟誰？良善寺？」

「你們要排擠宗一郎同學，兩個人私下幽會嗎？」

「不是。而且我就說了別說那種會引人誤會……唉，說了也沒用啊。」

由弦重重嘆了一口氣之後……

僅只一瞬間，他看向了教室門口的方向。

和正好要走出教室的愛理沙對上了眼。

接著愛理沙……輕輕地對由弦笑了。

「咦～那是跟誰？你都已經有我們了還這樣！」

「對啊～對方是男生？還是女生？」

他剛剛心動了一下，這件事是祕密。

※

隔天。

平常總是過了午後……然而這天一大早，對講機就響了。

「早安，雪城。」

「早安，高瀨川同學。」

由弦邀請愛理沙進自己家。
愛理沙先確認了一下房間裡的狀況，滿意地點點頭之後看向由弦。
「我照妳說的，一開始就拿出八成實力嘍。」
「看來是這樣呢。謝謝你的體貼。還有，這身打扮很適合你。」
愛理沙這麼說，誇獎了由弦的穿著。
畢竟被對方誇獎了，由弦覺得自己也得說點什麼才行，便看向她身上的服飾。
她今天穿了很有夏天感覺的米色連身洋裝，外頭披著像是披肩的東西。
腰上繫著黑色的皮帶。
明明是連身洋裝，有需要繫皮帶嗎？由弦不太清楚女性時尚，所以不是很懂為什麼要這麼做……
不過那條皮帶突顯了愛理沙纖細的腰身以及凹凸有致的身材，所以應該就是這種流行吧。由弦得出了這樣的結論。
「妳的打扮也很適合妳喔。應該說，該怎麼說呢……」
「怎麼了嗎？」
「或許是我多心了，不過該怎麼說，妳的打扮好像比之前更漂亮了？不是，妳之前的打扮我也覺得很漂亮啦。」
要說起來，就是由弦覺得她身上穿的衣服的平均價格好像提高了。

這完全是由弦的直覺……不過他好像猜對了。

愛理沙的嘴角微微上揚，笑瞇了眼睛。

「您真是明察秋毫。以前……嗯，我是覺得高瀨川同學怎麼看待我都無所謂，不過……最近雖然沒有半點戀愛成分在，但你也不是我毫不在意的對象了。」

「嗯……這個，唉，該怎麼說，我該說謝謝嗎？」

「不，其實該道謝的人是我……其實托了高瀨川同學的福，我的零用錢變多了。」

原來如此，由弦會覺得衣服的平均價格上升了的原因是這個吧。

以天城家的立場而言，他們很希望愛理沙能攻陷由弦吧。

還真是現實啊。由弦不禁苦笑。

好了，平常這時候他們應該要開始玩遊戲了。不過……

這一天兩人拿出的是念書用的文具。

也就是讀書會。

由弦向亞夜香說的跟人有約了，正是跟愛理沙。

兩個人都認真地開始念書……

然而過了大約兩小時，由弦就無法集中注意力，開始分心了。

（哎呀……她念得好認真喔。）

由弦漠然地看著愛理沙的臉。

愛理沙正一臉認真地在寫參考書，沒意識到由弦的視線。

他有聽說過上次的期中考，愛理沙拿了全學年第一的消息。

想必愛理沙平常就很認真地在念書吧。

（真想叫那些傢伙學學她。）

要是和宗一郎他們一起念書，絕對念不下去吧。

……雖然關於這方面，由弦也沒有資格說別人就是了。

（不過……果然越看越覺得她長得漂亮又可愛呢。）

以前由弦雖然提出了「金髮碧眼巨乳白皮膚美少女」這樣的條件，但愛理沙幾乎完全符合這些條件。

儘管頭髮不是金髮，依舊是接近金色，顏色較淡的棕色頭髮，是漂亮的亞麻色。

真想摸摸看。

眼睛的顏色也不是一般說起金髮碧眼會想到的藍色……而是美麗的綠色，翡翠色的眼睛。

不過……有點黯淡無神。

肌膚是乳白色的，像白瓷一樣光滑。

讓人不禁有股衝動想要摸看看。

胸部……果然很大。

由弦身邊有很多像亞夜香、千春那樣胸部大的女性，然而愛理沙也絕對不輸她們。

大概是勝過亞夜香，但輸千春一點的程度吧。

（不過屁股倒是沒輸……）

「高瀨川同學，有什麼事嗎？」

「咦？」

「你一直盯著我看……而且我好像感覺到了某種沒品的視線。」

愛理沙稍微和由弦拉開了距離，冷漠地看著他。

眼睛像是冬天的湖面一樣結了凍。

她不悅地皺起眉頭，也板起了面孔。

「不……沒有，沒什麼事。」

由弦邊說邊拿起咖啡湊到嘴邊。

就在這時候。

「金髮碧眼白皮膚巨乳美少女。」

「咳咳！」

由弦不小心嗆到了。

他開口問用冰冷的眼神，要形容的話，就像是在看著垃圾的視線望著他的愛理沙。

「啊，呃……雪城同學？關於那個，妳是在哪裡……」

「以前你們大聲說話的時候我聽見了，說你對相親對象提出了這樣的條件。」

她口中的以前恐怕是指由弦和宗一郎跟聖一起吃午餐的時候吧。

由弦已經不記得大聲說出這件事的到底是哪個人了……

但他暗自決定要一併詛咒那兩個人。

「原來你是用那種眼光看我的啊。」

「不、不是，妳冷靜點！追根究柢，我根本沒想到來的人會是妳啊。況且找妳來的人不是我，是我的祖父母跟妳的養父母吧！」

由弦慌張地開口解釋後……

愛理沙微微揚起了嘴角。

接著輕輕哼笑了一聲。

「我開玩笑的。這我很清楚，你放心吧。而且既然是生物，會有這些邪念也是無可奈何的事。」

「是、是這樣嗎？」

「是。不如說……唉，如果你完全沒有這些邪念，就表示你沒把我當成女性吧……這也會讓我很生氣。我也會擔心高瀨川同學的身體是不是有問題。」

由弦想起了愛理沙說過由弦完全沒把她當異性看待，讓她很不愉快的事。

如果真的是根本無所謂的對象就算了，她沒辦法接受跟自己交情還不錯的男性完全沒把自己當成異性吧。

「啊，不過那種露骨的視線讓人很不舒服。你可以不要那樣看我的話，我會很感激你的。」

「啊，好。」

「還有你要是打算碰我，我會捏爛你。我這話是物理上的意思。」

「喔、喔……放心吧。我絕對不會做出需要勞煩妳動手的事情。嗯。」

由弦臉部表情抽搐地這樣說完之後，愛理沙點了點頭。

「嗯，我知道。這方面我相信你……要不是相信你，我就不會在這裡了。」

這樣說完後，愛理沙像是要證明這一點，把剛剛拉開了距離的身體挪回了原本的位置。

內心覺得很不好意思，又帶有罪惡感的由弦為了掩飾自己的心情，搔了搔臉頰。

然後為了舒緩尷尬的氣氛，換了一個話題。

「午餐要怎麼辦？」

「午餐？我今天也打算要做飯就是了。你有想吃什麼嗎？」

「不是……妳看嘛，畢竟快考試了，還是想盡量把時間用在念書上吧？我想說偶爾去外面吃個飯也不錯。」

要愛理沙耗費考試前的寶貴時間來準備飼料餵他，實在是太讓人過意不去了。

而且……愛理沙平常都會做給他吃。

「今天就讓我請客吧，表達我平日的感謝。」

「……這樣啊。那我就恭敬不如從命了。」

由弦還以為她一定會先拒絕的，她卻意外老實地接受了。

或許是因為兩人間的距離縮短了，讓她少了一些顧慮吧。

對由弦來說，這樣相處起來也比較輕鬆。

「那就上哪去吃飯吧。嗯……挑近一點的地方比較好吧。這附近的話，咖啡廳、家庭式餐廳、蕎麥麵店、拉麵店、咖哩專賣店……這附近我大概知道這些店家。要叫披薩外送也行。妳選一個吧。」

「……請讓我思考一下。」

愛理沙開始認真地思考了起來。

由弦則是心想著「畢竟是夏天，我想吃蕎麥麵呢」。

※

看來由弦跟愛理沙心中所想的事情是一樣的。

兩人來到了附近的蕎麥麵店。

雖然蕎麥麵也可以叫外送……不過叫外送會比較貴。反正就在步行約十分鐘路程的範圍內，直接去店裡吃比較實在。

「這是我第一次去蕎麥麵店。」

「原來如此，所以妳才會選蕎麥麵店啊。」

以一個正值青春年華的女高中生來說，蕎麥麵店這選擇有點老成。而且女生或許會在意湯汁亂噴的問題。

所以以為她會選咖啡廳或家庭式餐廳的由弦很意外愛理沙的選擇。不過這樣一說他就懂了。

……他本來是這樣想的。

「啊，不是。不是這個原因。」

「咦？不是嗎？」

「我本來就很少被帶到外面來吃飯……會選蕎麥麵，只是因為我覺得夏天吃蕎麥麵好像不錯。」

「這……嗯，真巧。我也想說畢竟是夏天，想吃點涼爽的東西。」

由弦覺得自己有一瞬間窺見了愛理沙令人同情的家庭狀況，但他決定裝作沒注意到。

於是他們坐進了店員指示的位子，稍微看了一下菜單。

「我……應該吃這個中的鴨肉蒸籠蕎麥沾麵吧。雪城妳呢？」

「我……吃天婦羅蕎麥麵。分量普通就好。」

點完餐之後過了一陣子，先送上來的是愛理沙的蕎麥麵和天婦羅。

天婦羅包含了兩隻炸蝦和五種蔬菜，雖然有點多……但以價格來看，可以理解為什麼會是這個分量和種類。

可是蕎麥麵這邊……

「呃……這個分量是不是弄錯了？高瀨川同學點的才是中碗吧。」

愛理沙一臉疑惑地看著眼前堆成小山的蕎麥麵。

「啊，因為這家店的分量都給的比較多。那個是普通的分量。」

「咦？不，可是……」

看著這時送到由弦面前的蕎麥麵，愛理沙說不出話來了。

然後跟自己面前的蕎麥麵比較了一下。

如果那個是中碗，那這個的確是普通……這些想法全都寫在她的臉上。

「抱歉、抱歉。我忘了先跟妳說……啊～要我幫妳吃一點嗎？」

「拜託你了。」

最後她大概把一半的蕎麥麵分給了由弦。

「妳分我這麼多沒關係嗎？」

「因為我的食量沒那麼大。」

愛理沙這樣說完後，指著上頭放有天婦羅的盤子。

「你要吃天婦羅嗎？你可以拿一隻炸蝦……還有一種蔬菜走。」

「那我就不客氣了。」

由弦從愛理沙的盤子裡夾走了天婦羅。

接著用筷子夾起了浮在自己的蕎麥沾麵湯汁上的鴨肉。

「那這個妳要吃吃看嗎？」

「……好啊，我吃。」

兩人像這樣交換完彼此的配菜後，開始吃起了蕎麥麵。

雖然這家店的餐點分量很多，卻不代表品質就不好，蕎麥麵有著該有的香氣，吃起來也很有嚼勁，很好吃。

吃得出鴨肉鮮味的沾麵湯汁味道很濃郁，天婦羅也炸得相當酥脆美味。

「高瀨川同學，你會吃山葵啊。」

愛理沙忽然說了這句話。

由弦確實會吃山葵，現在也在蕎麥麵上抹了大量的山葵。

「雪城妳……不吃山葵嗎？」

「……我小時候吃過，在那之後就不吃了。那個嗆鼻的感覺在我心裡留下了陰影。」

愛理沙這麼說，她盤子裡的山葵也確實沒有減少。

由弦本來想說她不吃的話就自己拿來吃好了。不過……

「現在試試看如何？說不定意外地會覺得吃起來不錯喔。」

「……說得也是，畢竟我也長大了。是說正確的吃法應該是不要溶進湯汁裡，抹在蕎麥麵上嗎？」

「這我不知道耶？應該是看個人喜好吧。不過以妳的狀況來說……溶進湯裡就不能吃了，用抹的比較好吧？」

「說得也是。」

愛理沙點點頭，把一點點山葵放到了蕎麥麵上。

然後沾了湯汁，用小小的嘴巴優雅地吃下蕎麥麵。

「如何？」

「香氣很棒，很好吃……唔！」

愛理沙摀住了鼻子。

她的眼睛瞬間泛紅，變得濕潤起來。

她連忙喝下一整杯茶。

「唔……這對我來說好像還是太早了……請你不要笑我。」

「不是，抱歉抱歉，因為實在太有趣了。」

「……你真過分。」

愛理沙眼眶含淚地鼓起臉頰，氣噗噗地別過頭去。
那動作……可愛得讓人忍不住想摸摸她的頭。
兩人就在這樣的情況下吃完了蕎麥麵。
在品嚐蕎麥湯的途中，愛理沙問由弦。
「話說回來，高瀨川同學。你……認識橘同學和上西同學嗎？」
由弦想起了昨天愛理沙也在現場的事。
她應該直接目睹了由弦跟亞夜香還有千春說話的場面了吧。
「是啊……妳知道那兩個人啊？明明不同班。」
不久之前好像也有過這樣的對話。由弦回想起這件事。
不過對於由弦提出的疑問，愛理沙的回答跟之前不太一樣。
「入學前……養父就跟我說過，如果分到同一個班上，要跟她們打好關係，因為她們都是家世良好的人。」
愛理沙厭惡地皺起眉頭。
無論是誰，都不想像這樣被人干涉自己的人際關係吧。
由弦當然也是因為彼此家庭間的關係，加上雙方的父母想讓他們交好，特地介紹他們認識，才會跟她們變成青梅竹馬的，但父母從沒那樣露骨地命令他「跟她們打好關係」。
「是沒有必要硬是跟她們打好關係啦。不過她們都是好人喔。」

「是啊，個性開朗，善於社交，人又漂亮……」

這樣說著的愛理沙感覺似乎有些羨慕。

愛理沙長得也很漂亮，但要說個性開朗跟善於社交，的確多少有些令人存疑。

她會平等地對待眾人，同時也不會和誰變得特別要好。

總是會在他人與自己之間架起一道透明又薄，可是非常堅固的牆壁。

「那個，高瀨川同學。」

「嗯？怎麼了？」

「……你和那兩位，是什麼樣的關係？」

「是青梅竹馬喔。我們從嬰兒時期就認識了，所以是朋友。唉，除此之外也沒有別的了。」

他跟橘亞夜香其實算是親戚，不過是遠房親戚，所以他通常也不會意識到這點。

「只有這樣嗎？」

「是啊……怎麼了？難道我跟她們看起來像是情侶嗎？」

由弦和亞夜香還有千春確實很親近。

乍看之下很像情侶……這點先不置可否，看起來說不定是比一般的朋友來得更要好，實際上他們的交情不錯也是事實。

「不是……那個，雖然看起來不像。不過我只是以為你們雙方或許有那個意思，胡亂猜測了一下。」
「我是承認她們兩個都長得很漂亮啦。但我對她們沒那個意思喔。她們也不是我喜歡的類型。」
像那種活潑吵鬧的人，當朋友是很開心。然而要當夫妻就有點……
會覺得在家裡也沒辦法沉靜下來吧。
「她們也對我沒意思，有其他喜歡的對象。」
「啊，是這樣啊……說得也是，像她們那麼漂亮的人，周遭的人怎麼可能會放著不管呢？」
「就是這麼回事。」
唉，雖然那兩個人的狀況，是喜歡上了同一個人這點很可怕啦。
由弦想起了這時應該正被那兩個人夾在中間的朋友。
這時愛理沙一如往常，面無表情地問了由弦。
「你拒絕了她們的讀書會邀約，這樣真的好嗎？」
看來愛理沙也聽到了由弦和她們的對話。
她們那樣大聲嚷嚷，會被聽到也不奇怪就是了。
「因為我先跟妳約好了啊。」
先約好的是愛理沙。

所以由弦認為應該要以愛理沙的約為優先才對。

「……為了我這種人，這樣真的好嗎？」

「在我看來，妳可不是什麼『這種人』喔。她們那邊只要另外再約就好了。畢竟我只能在週六跟妳碰面，會以妳為優先也是當然的吧？而且……」

「而且？」

「跟妳在一起很開心。這樣不行嗎？」

愛理沙瞬間露出了忽然被嚇到的表情。

接著搖了搖頭。

「不，沒這回事。而且我也……覺得很開心。」

愛理沙說著，笑瞇了眼。

在她臉上的是彷彿一碰就會散落，虛幻飄渺，卻又美得不可方物，非常惹人憐愛……那樣的笑容。

好想抱住她，好想摘下她……由弦的心中湧上了這樣的衝動。

「那個，我可以拜託你一件事嗎？」

「啊，嗯……什麼事？」

看愛理沙的笑容看呆了的由弦終於回過神來。

她又變回了平常面無表情的樣子。

「除了週六以外……我可以偶爾來打擾你嗎？」
「只要我有空，不管什麼時候都歡迎妳來喔。」
「謝謝你。」
說了這句話的愛理沙果然還是面無表情。
然而她的雙眼中蕩漾著比平常更溫柔的光芒。

※

從蕎麥麵店回來之後，由弦和愛理沙又繼續開始念書。
就在這個時候。
由弦的手機忽然傳出了收到訊息的提示聲。
他看了一下……發現是祖父傳來的訊息。
『你跟愛理沙小姐處得還好吧？』
由弦立刻回覆。
『我們現在正在一起念書。你可以不要吵我們嗎？』
接著又馬上收到了回覆。
『這樣啊，那我不吵你們。不過……我不太放心，所以能不能傳張你們兩個的照片給我？』

看來由弦的祖父有一點在懷疑由弦和愛理沙的關係。

雖然這麼說，與其說他是懷疑他們是假裝訂婚……不如說是懷疑他們兩個是不是真的有好好在交往吧。

畢竟是由弦的祖父安排這場相親的，他當然會在意他們兩人的感情進展。

……不過由弦覺得很麻煩，所以總是隨便搪塞祖父拋來的問題。

這次算是他之前的行為招致的反效果吧。

「怎麼了嗎？」

似乎注意到由弦開始坐立不安起來，愛理沙疑惑地歪著頭問他。

由弦一邊搔搔頭，一邊給愛理沙看自己的手機畫面，跟她商量。

「是我爺爺……叫我傳照片給他。」

「原來如此……也不能拒絕他呢。」

由弦和愛理沙基本上是感情很要好的情侶，也訂了婚約。

不可能連一張照片都拍不到。

「所謂的照片，應該不是我一個人手比著ＹＡ，微笑的照片……吧？」

「唉……他應該是想看我們的合照吧。」

由弦和愛理沙陷入了沉默。

經過了一段有些尷尬的時間。

「我不太喜歡拍照……不覺得臉會有點不一樣嗎？跟照鏡子的時候相比。」

因為鏡子照出的是左右相反的景象，照片上拍出來的則是自己原本的臉。

說是這麼說，但因為已經看習慣鏡子裡的自己了，總是很難接受。

聽到由弦這麼說，愛理沙也點頭表示同意。

「我懂，我也有同感。」

這讓由弦有點訝異。

「……妳也不喜歡嗎？」

像愛理沙這樣的美少女，應該沒有拍照不上相，或是覺得照片上的自己很醜之類的煩惱吧。

不如說拍出來很可愛，會想要永久保存這麼漂亮的自己也不奇怪。

「……有這麼令人感到意外嗎？」

「不是，我以為女生都喜歡自拍……」

「高瀨川同學能想像我在自拍的樣子嗎？」

由弦試著想像在自己的房間裡自拍的愛理沙。

注意光源和角度，算準自己跟相機之間的距離感，盡可能地讓自己顯得臉小、皮膚白皙的愛理沙。

不時幫照片修圖的愛理沙。

把自拍照發到SNS上，開心的愛理沙。

「……實在不像妳會做的事。」

「對吧？自己的臉這種玩意，拍了也一點都不有趣……如果是拍貓就另當別論了。」

愛理沙的手機相簿裡一定存了一大堆從網路上抓來的貓咪照片吧。

由弦如是想。

「那我隨便打發他嘍？」

「……不，這樣太對不起他了。我想高瀨川同學的爺爺一定也是基於擔心、好意才提出這種要求的……我們來拍照吧。」

「唉……說得也是。」

不過只是拍張照，就當作孝順爺爺的一環拍給他也不是不行。

雖然他不太喜歡拍照……卻也沒有討厭到認為拍個照，靈魂就會被相機奪走的程度。

事不宜遲。

由弦移動到愛理沙的身旁，打開手機的照相功能。

接著把手機拿到可以拍到兩個人的臉的位置。

「這樣就好了吧？」

「嗯，我覺得沒問題。」

手機發出了清脆的快門聲。
由弦和愛理沙的合照拍好了。
「拍起來感覺怎麼樣？」
「這種感覺。」
由弦和愛理沙一起確認拍出來的照片成果。
那張照片……
「……該怎麼說，感覺像是因為有義務得拍才拍的照片。」
「看起來不是很開心的樣子。」
照片上的由弦和愛理沙都面無表情。
是張擺明了就是「因為你說要照片，我們才心不甘情不願地拍了」的照片。
這樣別說讓爺爺放心了，只會讓他更不安心吧。
「我們再重拍一次吧。」
「我也覺得重拍比較好。」
由弦再度拿起手機。
然後這次盡量試著擠出了開心的笑容。
「高瀨川同學，你的臉抽筋了喔。」
「妳好意思說別人……妳的眼神死氣沉沉的喔。」

「我本來就這樣。」
他們在這樣互動的同時，拍了第二張照片。
拍出來的照片……
「……這不行呢。」
「一看就覺得那笑容是硬擠出來的。」
拍成這樣的話，還不如傳前一張照片給爺爺比較好。
由弦刪掉了拍出來的照片。
「真要說起來，一般的情侶會拍怎樣的照片啊？」
「被你這麼一說，的確……如果不知道這點，我們也拍不出好照片。」
由弦和愛理沙在拍第三張照片之前，先查了一下情侶的合照。
這種東西只要上網一查，馬上就知道了。
「原、原來如此……要肩膀跟肩膀靠在一起啊……」
「要、要貼得這麼近嗎？」
由弦和愛理沙忍不住說出心中的疑惑。
儘管每張照片各不相同，但大多是男生摟著女生的肩膀，然後女生小鳥依人的把臉靠在男生的肩膀上裡……這樣的照片。
對在戀愛方面算是新手的由弦和愛理沙來說，看起來難度有點高。

要拍出這樣的照片，實在有點……

就在兩個人這樣想的時候。

由弦的手機又傳來了訊息的提示音。

是由弦的祖父傳來的，內容是……催他趕快傳照片來。

「……怎麼辦？」

「只能拍了吧……」

沒辦法。

由弦和愛理沙作好覺悟了。

說是這樣說，要摟著對方的肩膀，或是把臉靠在對方的肩膀上，對於男女交往經驗尚淺的由弦和愛理沙來說實在太難達成了。

兩人決定朝著雙方貼近到肩膀靠在一起的程度，盡量把臉靠近彼此的方向來拍。

由弦拿起手機，讓兩人的臉出現在手機螢幕上。

然後將自己和愛理沙之間空了約一個拳頭左右的距離，湊近到雙方的肩膀可以剛好碰在一起。

另一方面，愛理沙則是把臉靠向由弦的肩膀……是不到這種程度。不過她還是稍微偏著頭，讓自己的臉更靠近由弦的臉。

輕柔的美麗亞麻色頭髮搔著由弦的肩頭。

有股洗髮精的好聞香氣。
「這、這樣怎麼樣，雪城？」
「這、這個嘛……我覺得不錯。」
「……那我要拍了喔。」
「好、好……」
相機的快門聲響起。
由弦和愛理沙一起確認剛拍好的第三張照片。
照片上……
拍著儘管害羞，仍依靠著彼此的少年與少女。
還很青澀，才交往了幾個月的情侶第一次拍的合照……他們拍出了這樣的照片。
「……」
「……」
由弦和愛理沙不禁陷入沉默。
他們終於意識到，他們剛剛的行為，比起正在演戲的假婚約對象，根本就是剛開始交往的情侶。
「……唉，這樣爺爺也能接受了吧。」
「對、對啊。畢竟這張照片看起來很有說服力。」

總之這張照片沒問題。

由弦把這張合照傳給了祖父。

附上照片傳了訊息之後……馬上就顯示已讀，傳來了回覆。

回覆的內容是，不要太放縱了喔，這樣的忠告。

「……還不是你要我們拍的。」

「完全被當成是笨蛋情侶了呢……」

以為他們是感情很好的情侶是沒問題。不如說正合他們的意。

可是……以為他們是太過放縱的笨蛋情侶，讓由弦跟愛理沙有些懊悔。

「是說雪城。」

「呃……什麼事？」

「這張照片要怎麼辦？」

我該刪掉比較好嗎？

由弦心理帶著這樣的想法，開口問了愛理沙。

愛理沙思考了一下之後……回答了。

「……還是傳給我吧。」

一開始由弦根本聽不懂愛理沙在說什麼。

不過他馬上就想通了。

愛理沙以為他的「要怎麼辦？」是在問「要傳給妳嗎？」的意思。

「啊……這樣啊。嗯，也對，我傳給妳吧。」

由弦把照片的檔案也傳給了愛理沙。

愛理沙收到之後，下載了照片存在手機裡。

然後她用微微泛紅的臉，彷彿在找藉口一樣，很快地說著。

「不是，呃……這好歹也是我的照片，而且……我也覺得這是回憶的一環。」

「……是啊。過了十年之後，說不定還可以拿出來說笑。」

兩個人像是要掩飾害羞地笑了。

※

從由弦和愛理沙初次拍了合照的那天，來到了下週一的放學後。

在由弦想順便轉換一下心情，去圖書館念書準備考試，前往圖書館的途中……

「咦？為什麼啊。」

聽到了感覺很輕浮的聲音。

那句話雖然感覺像是玩笑話，語氣中聽起來卻帶著怒氣。

「喂，只要一下下就好……當作是試用嘛。一個月……不，一週，不，三天！從朋友開始……」

看來是為了感情的事情在爭執。

由弦本來就沒興趣干涉別人的戀愛糾紛，正打算無視這件事情走過去時……

「因為我不喜歡你。」

耳熟的聲音讓他停下了腳步。

凜然又優美，可是似乎不帶生氣，會令人凍結的冷淡語氣。

那是由弦很熟悉的少女的說話聲。

既然對方是認識的人，他就不能坐視不管了。

由弦朝聲音傳來的方向走去。地點是沒什麼人的樹陰下。

由弦悄悄地觀察現場的狀況。

那個耳熟的聲音果然是由弦的「婚約對象」，雪城愛理沙。

而正纏著他的「婚約對象」的人……

是高他們一個學年的學長。

如果由弦的記憶沒錯……學長是足球社的王牌。

他有印象曾在朝會之類的場合，看到學長接受表揚。

而且他最近也聽宗一郎和聖提起他過。

學長姓海原。

「咦～！哪裡不喜歡？我覺得自己沒那麼糟啊……」
「全部都不喜歡。」
愛理沙乾脆地拒絕了。
她似乎有些不耐煩。
而海原……看起來也有點不高興的樣子。
「哎呀，別說這麼絕情的話嘛……我一定能幫上妳的忙的。」
「我不需要你的幫助。」
「你爸爸的公司，現在經營不善對吧？」
愛理沙的表情凍住了。
本來的面無表情，變得更像是能面的面具那樣僵硬。
「因為我爸爸是市議員，一定能幫上……」
「不需要！」
愛理沙丟下這句話後，轉身就想走人。
然而學長抓住了她的手臂。
「請你放開我……我會向老師報告喔。」
「等等，等一下啦。我們再多談談……」
由弦不能再繼續坐視不管了。

「她很不情願喔。」

由弦現身後，用強勢的語氣指責海原。

他直直地盯著海原的眼睛，靠近過去。

「啥？你是誰啊你……這跟你無關吧。」

海原一副做壞事被抓包的尷尬樣。

看來他好像多少有意識到自己是在強迫別人。

「我只是身為她的同班同學，覺得不能袖手旁觀而已……你要不要放開她？」

由弦這麼要求他之後……海原稍微別開了視線。

像他這種人反而意外地很容易退縮。

「不過是一年級，你可別太囂張了。」

海原說完後便伸手過來，打算要推由弦的身體。

他沒勇氣揍人，只是害怕對方逼近他，是基於這種心理才做出的行動吧。

由弦用力地抓住了他的手。

然後輕輕往上扭了一下。

「痛……」

海原痛得皺起眉頭。

也因為這樣鬆開了抓著愛理沙的手。

愛理沙躲到由弦的背後。

由弦也放開了海原。

「你……叫什麼名字？」

海原不爽地開口問由弦。

反正由弦也沒有理由要感到畏縮、恐懼，或是刻意隱瞞他，便老實地回答了。

「我叫高瀨川由弦。」

「……高瀨川啊。我會好好記住你的。」

海原拋下這句話後，便逃也似的離開了。

由弦聳了聳肩。

「……那個，高瀨川同學。」

愛理沙用內心充滿顧慮，非常緊張不安的表情向由弦搭話。

然後深深一鞠躬。

「……抱歉給你添麻煩了。」

「不會，妳別在意。比起那個……我是不是太多管閒事了？」

因為愛理沙好像不太喜歡別人來干涉自己。

所以由弦本來也想盡量在一旁觀察狀況就好。

不過看到剛剛那個狀況，他實在是忍不下去，才出手干涉的。

「不……我剛剛真的很困擾，謝謝你。」
「這樣啊，那……嗯，也不能說太好了吧。真是無妄之災。」
「……我沒事的。不過，那個……高瀨川同學不要緊嗎？」
愛理沙擔心地對由弦這麼說。
由弦雖然歪著頭想了一下她是在說哪件事……
不過馬上就想通了。
恐怕是在說海原町上他的事吧。
「啊，沒事、沒事。他做不出什麼大事啦。畢竟他意外地還滿膽小的……頂多只會跟父母告狀，或是聚眾來找我碴吧。」
「那……不是很糟糕嗎？那個人的父親……在政界很有權勢吧？而且我記得……他是足球社的王牌吧？」
「唉，算是滿有名的人啦。」
不過……
「那個人在外的評價本來就不太好。」
「……是這樣嗎？」
「就連足球社社員都不太喜歡他的樣子。」
他曾經聽班上同學抱怨過這個人。

唉，雖然由弦是不太喜歡聽別人的壞話啦……

可是事實上他好像真的沒什麼人望。

「而且他好像是有名的亂槍打鳥告白王。沒人會為了這種亂槍打鳥告白王失戀的事情，特地跑來幫他出氣的啦。」

「亂槍打鳥告白王？」

「最近我的女性朋友們好像也被他騷擾過，很會找麻煩呢。」

他口中的女性朋友，指的是橘亞夜香和上西千春。

海原或許是想找可愛的一年級學妹，而且還是家世不錯的大小姐來當女朋友，藉此提升自己的地位吧。然而……

「海原好像也是強硬地逼迫她們和他交往。」

「……那她們還好嗎？」

「嗯，我朋友介入幫忙了。那時候還起了一番爭執。唉，雖然不像現在這麼嚴重，但也是有些不愉快。所以他才會這麼暴躁吧。」

朋友是指佐竹宗一郎。

由弦那時候還覺得，居然想要強迫那個橘家和上西家的女兒和自己交往，還敢找佐竹家的孩子吵架，這傢伙膽子也不小嘛……

不過看來他只是個不知世事的小鬼頭。

既然這麼喜歡把家世掛在嘴上，除了自己的「家世」之外，也該記一下別人的「家世」吧。

「真的沒問題嗎？」

「別管他就好了……不過要是他對妳做了什麼，就跟我說。」

「……好的。」

愛理沙表情有些不安地點點頭。

※

那是過了三天後的事。

午休時。

「喂，高瀨川……海原學長來找你喔，還有要找雪城。」

同班的足球社社員跑來叫他。

找他是有什麼事啊？由弦疑惑地想著。

不過一定和之前那件事有關吧。

「沒事吧？高瀨川……那個人感覺好像很不爽。」

班上同學擔心地問他。

由弦甩了甩手，開朗地說道。

「不好意思，大概是我害他變得那麼暴躁的……給你們添麻煩了。」

「不，我們是無所謂啦。」

別擔心。由弦對足球社的同學這麼說。

然後把視線移到了愛理沙身上。

好像也已經有人通知她了。

儘管她和平常一樣面無表情，眼中仍帶著些許不安……在由弦看來是這樣。

由弦接著看向了教室門口。

只見海原正雙手盤胸，一臉不悅地擋在那裡。

由弦決定要盡可能地避免糾紛，還有盡量不給愛理沙添麻煩地解決這件事。

※

「找我有什麼事嗎，學長？」

「……有何貴幹？」

由弦以溫和，愛理沙則是以稍嫌冷淡的態度說道。

兩人與海原對峙著。
周遭的同學雖然不是打開了便當，就是在聊天……
卻也有點在意他們這裡的狀況。
「……前幾天。」
海原開口了。
然後一副很不甘心，受盡屈辱地皺起眉頭。
「我造成高瀨川同學和雪城同學兩位的困擾了……我道歉。」
他這麼說完後，低頭向兩人道歉。
周遭的同學們看到這一幕似乎很驚訝。
本來沒什麼興趣的學生們也用看好戲的態度看著這裡。
……這簡直是公然處刑。
唉，他當然……一點都不在乎海原的心情。
不過要是他因此懷恨在心也很麻煩，由弦也不想在不好的方面上受人矚目。
「請抬起頭來吧，學長，我沒有把那件事放在心上。」
由弦接著對愛理沙使了個眼色。
她……一臉傻眼的樣子。
不過在由弦和周遭同學的視線下，她終於回過神來了。

「我也沒放在心上。」
愛理沙淡淡地說道。
「……」
相對地，海原好像不太能接受的樣子。
對一年級的學弟妹低頭道歉，似乎傷到了他的自尊心。
或許是因為這樣吧，他最後還是不服輸地……
「……不過就是家裡有點錢，你可別太囂張了。」
對由弦拋下這句話後離去了。
這話還真是狠狠的打了他自己的臉啊。
這下道歉也沒有意義了吧。
「喂，雪城，妳跟爸爸說了他的事嗎？」
「怎麼可能！我……已經不想再跟他扯上任何關係了。高瀨川同學呢？」
「這種程度的事根本不需要驚動父母，所以我也沒說。」
無論由弦還是愛理沙，都沒有向父母報告這件事。
那他為什麼會忽然想來道歉呢？
由弦在心裡疑惑著。

※

在那之後。

午餐時，由弦把剛剛發生的事情告訴了宗一郎和聖之後……

「哦～那個人也去找你道歉了啊？」

宗一郎有些驚訝地說道。

看來海原也去找宗一郎道歉過了。

「你跟父母說了嗎？」

「怎麼可能。不過……亞夜香和千春非常生氣，所以那兩個人好像加油添醋，跑去告狀了。結果海原好像就被他老爸臭罵了一頓。」

宗一郎這樣說完後，聖開玩笑地裝出了害怕的樣子。

「喔喔……女人還真是手下不留情呢。如果是男人，一定會覺得要拜託父母來解決問題太丟臉了。」

「照你這理論，那傢伙就算不上是個男人了。唉……先不提他是不是個男人，那傢伙每次一發生什麼事就會搬他老爸出來，沒用也該有個限度吧。」

宗一郎對海原的評價非常差。

雖然從宗一郎的角度來看，海原是打算傷害他重要的青梅竹馬的男人，會給他這樣的評價也是理所當然的。

「嗯～所以是小亞夜香跟小千春說了我們的事嗎？」

「是可以問問她們啦……不過應該不是吧。那兩個人在這方面還是會做出區隔的。」

亞夜香和千春受到海原騷擾的事，跟由弦和愛理沙和海原之間的過節是兩回事。

亞夜香和千春沒道理要連同由弦和愛理沙的事情一併向父母告狀。

「應該是海原跑去找他老爸哭訴了吧？說叫『高瀨川』的傢伙欺負我！之類的。結果反而被老爸給罵了。」

「不然就是海原他爸逼問他吧。儘管海原那個樣子，但聽說海原議員是個有合理判斷力的人。可能是逼問他還有沒有強硬地去接近其他女孩子……接著才提到了你吧。」

不管怎樣，海原絕對不是自己主動想來道歉的。

一定是海原的父親基於某些理由，得知他想要傷害愛理沙，然後又在過程中和由弦起了爭執的事。

「唉……反正都過去了。別提了吧。」

因為光是想到海原的事情就不開心，由弦如此提議。

宗一郎和聖也點頭同意。

「是啊……這樣也能讓他反省一下吧。」

「很難說呢～如果他會因為這種程度的事就反省，那就不會變成亂槍打鳥告白王了吧。」

雖然這事跟我無關就是了啦。」

就這樣，跟「亂槍打鳥告白王」有關的問題基本上是解決了。

※

下一個週六。

因為一週後就要考試了，這天由弦和愛理沙也努力地在念書。

而這一天在吃午飯時，由弦沒多想地問了愛理沙。

「我啊，是不是有什麼讓人覺得討厭的地方啊？」

「……什麼？你怎麼忽然問這個？」

愛理沙愣住了，疑惑地反問由弦。

儘管他覺得對愛理沙說這種事好像不太好……但由弦還是很在意。

「不是……之前不是有個叫海原的人嗎？」

「啊……那個怪人啊。他該不會對你做了什麼吧？」

「不，在那之後我們就沒交集了。只是……他不是說了嗎？說別因為家裡有錢就怎樣的。」

真要說起來，會把自己父親的職業拿出來說嘴的人，根本沒資格對他說這種話。

但在意的事情果然還是會在意。

「……你很介意嗎？」

愛理沙眨了眨她那翠綠色的眼睛，有些驚訝地說。

由弦下意識地抓了抓自己的頭髮。

「不是，唉……與其說被海原說了才介意，不如說我平常就有點在意啦。」

高瀨川家並非普通的家庭。

說是名門世家也不為過。

因為高瀨川家也提供了不少的政治獻金，海原會跟由弦道歉也是有這層背景的緣故。

「這個嘛，是覺得你的金錢觀念有點鬆散啦。」

「……是嗎？」

「家裡堆了一堆不玩的遊戲，或是買了一堆用都不用的廚房用具。」

「……啊，嗯，妳說得沒錯。」

「不過就算是出身自一般家庭的人，也有很多人會這樣做。我覺得這應該不是因為高瀨川同學家裡有錢，而是更根本性的問題。」

「……」

她這到底是要安慰由弦呢，還是想要對由弦說教呢？

由弦的心情有些複雜。

「然而倒是不至於令人討厭，至少現在是這樣……是說，我本來根本不知道高瀨川同學家是那麼厲害的家庭。」

「……是嗎？」

「是啊。是你太在意了。他只是輸不起而已。簡單來說就是想靠自己的家世和財力、父親的職業來顯示自己的優越，卻因為做了蠢事而搞砸，才會懊悔地那樣說罷了。你不該去在意那種人說的那種話啦。」

這道理由弦也很清楚。

實際上，由弦根本不在意海原是怎麼想的。

只是……對由弦而言，「高瀨川」這個姓氏非常沉重。

「是說，我很意外呢。」

「意外？」

「我以為高瀨川同學是更……強悍的人。」

愛理沙這句意外才真的讓由弦覺得很意外。

由弦從來不認為自己有比別人強悍。

「……為什麼這樣想？」

「不是，因為……就算那個人威嚇你，高瀨川同學也完全沒有因此動搖不是嗎……我那時候覺得有點害怕。」

「唉……因為那不是什麼值得害怕的事。」

由弦知道世界上還有更可怕的人。

身為高瀨川家的下任接班人，他曾在近距離下看過那樣的人。

海原不過就是個高中二年級的小孩子，根本沒什麼好怕的。

只是……

「那也是因為我知道海原沒辦法對我家出手……有些瞧不起對方的成分在吧。」

所以就算海原搬出自己的「家世」，他也不覺得害怕。

不，或許該說他正是因為這樣才不怕的。

因為「高瀨川」家的名號，比起一般人，更適合用來對付海原這種人。

由弦忍不住嘆了一口氣。

「我如果不是高瀨川家的人，他一定不會來跟我道歉吧。也就是說，強的不是我，而是高瀨川家……」

由弦沒打算要仰賴自己的家世。

然而對高瀨川由弦來說，「高瀨川」這個姓氏與他是密不可分的。不管怎樣，他的行動背後都會跟著自己家的名號。

由弦說出了他對在某方面上跟他是同類的宗一郎他們說不出的事情之後……

「高瀨川同學討厭自己家嗎？」

愛理沙問了他這樣的問題。

由弦疑惑地歪著頭。

「怎麼可能。我……沒有要炫耀的意思，但我很以自己家為榮。」

「那不就好了嗎？」

愛理沙皺起了美麗的眉毛。

然後挑著用詞說道。

「該怎麼說才好呢……說穿了，不管是名字、容貌、才能、教育，大多數的人都是從父母那邊得到的不是嗎？所以說……我覺得高瀨川同學可以將這些視為自己的實力。應該說重要的是使用的方式……」

然後愛理沙說了句「總而言之」，以強而有力的話語下了結論。

「高瀨川同學救了我。這都是高瀨川同學，高瀨川由弦同學的功勞。」

由弦的心底有些癢癢的。

彷彿長年以來一直梗在喉嚨裡的小刺被人拔掉了……那樣的感覺。

「雪城。」

「是。」

「謝謝妳。」

「我很榮幸能幫上你的忙。」

愛理沙說完後微微一笑。

那是非常美麗……極為自然的笑容。

由弦的心莫名地噗通作響。

※

愛理沙在自己念書時休息的空檔，看起了存在手機裡的照片。

那些幾乎全都是貓的照片。

愛理沙存了很多從網路上蒐集而來，或是拍外頭的野貓等，各式各樣的貓咪照片。

「貓果然很可愛呢……」

愛理沙一邊傻笑，一邊滑著手機。

接著出現了一張不是貓的照片。

雖然她的手機裡存的幾乎都是貓的照片，卻也並非只有貓的照片，所以會出現貓以外的照片倒不是什麼稀奇的事。

「……是之前拍的照片呢。」

那是由弦和愛理沙的合照。

為了傳給由弦的祖父而拍，然後因為難得拍了照而請由弦傳給她的照片。

（真、真不好意思……）

照片上的愛理沙和由弦近得身體幾乎碰在一起，滿臉通紅，一副害羞的樣子。

那時候她是因為要拍照，還有跟由弦靠得很近而感到害羞。不過真要說的話，現在的愛理沙是因為那時害羞的自己而感到害羞。

（我、我那時候就不能更沉穩一點……更冷靜地拍照嗎……）

愛理沙在內心裡責怪過去的自己。

過去那個因為要和由弦合照而感到害羞的自己，看起來簡直就強烈地把由弦視為一個異性。

愛理沙將由弦視為異性這當然是不爭的事實。

只是那只是「意識到他是男性」，不是作為戀愛對象，喜歡對方的那種在意。

然而這張照片上的自己……看起來就像是喜歡由弦的樣子。

「唉，他的確是個很棒的人……」

儘管他有很多缺點跟不擅長的事情，但那完全在可以視而不見的範圍內。

本來這世上就沒有完美的人。

況且也感覺得到他有意想要改善或克服那些缺點跟不擅長的事，這也讓愛理沙對他留下了很好的印象。

（……以客觀的角度來看，這個婚約是樁好婚事呢。）

由弦的老家，高瀨川家似乎是非常「有力」的名門。

相對地，愛理沙家——正確來說是愛理沙養父的家——正因為公司經營不善，快要沒落了。

愛理沙和由弦的婚姻，恐怕就是所謂的「釣到金龜婿」吧。

沒有什麼大問題的話，她肯定能獲得自由富裕的生活。

她當然覺得有錢不是什麼壞事，卻也沒有現實到只想看財力來決定自己的結婚或戀愛對象。

比起這點，愛理沙更在意的是……

（他會……像那樣……保護我嗎……）

愛理沙想起了自己被學長纏上的事。

那時候由弦出面拯救了愛理沙。

（高瀨川同學表現得非常冷靜，也很有氣勢呢……）

一般面對年紀比自己大的學長，不管怎樣都會有些畏縮吧。

可是由弦一點都不緊張，表現得很有氣勢，而且非常冷靜。

他那種情緒完全不受影響，泰然自若的態度感覺非常可靠。

簡直像是在激烈的暴風雨中也未被吹斷，屹立不搖的大樹。

不是高瀨川這個家族的「力量」或「名號」，而是高瀨川由弦這個人的能力以及他的精神中帶有的某種強而有力的感覺，讓愛理沙感到安心。

（呃，我這是在想什麼啊……）

愛理沙發現自己的臉頰熱了起來，連忙搖頭。

心臟在不知不覺間噗通噗通地狂跳著。

（真要說起來，我根本無法想像自己能跟他成為情侶這種事……）

作為一個異性而言，由弦確實很有魅力。

然而愛理沙沒辦法想像自己走在他身旁的樣子。

「唉……回頭念書吧。」

就在愛理沙嘆了口氣，收起手機，打算繼續開始專心念書的時候。

她感覺到家裡好像有些不平靜。

愛理沙走出房間，來到了玄關。

愛理沙的養母和妹妹正在那裡迎接養父進門。

「……歡迎回來。」

愛理沙和養母跟義妹一起鞠躬致意。

養父因為工作忙碌，所以很少回家。

今天可以說是非常難得的日子。

「……嗯，我回來了。」

養父非常冷淡，用不帶任何感情——愛理沙完全不懂他在想什麼——的表情和語氣回應後，胡亂地鬆開領帶。

總之已經有打招呼迎接他回家了，所以愛理沙轉身，打算回房間去繼續念書……

「……這麼說來，愛理沙。」

「是。」

卻被養父叫住了。

她不禁挺直了背脊……愛理沙很怕面對養父。

「……妳書念得怎麼樣？」

在一段沉默後，養父開口問他。愛理沙平淡地回答。

「很順利。」

「……是嗎？」

養父又再度沉默不語。

他該不會是在生什麼氣吧？就在愛理沙開始畏縮起來的時候……

「妳跟由弦的狀況怎麼樣？」

「啊，是……呃……我想……還滿順利的。」

這問題有些出乎愛理沙的預料。

聽了愛理沙的回答，養父輕輕點頭表示了解，接著又繼續問。

「你們有去哪裡約會過了嗎？」
「您說約會嗎？這……不，還沒有……」
去他家玩遊戲，這應該算不上是約會吧。
至少養父想問的應該不是這個才對。
「……是嗎？」
她不知道養父是出於什麼想法才問這個問題的。但從他的那句「是嗎」裡面，感覺不到什麼正面的情緒。
「非常抱歉……」
愛理沙反射性地道了歉。
一定是由弦和愛理沙的關係沒什麼進展，惹得養父不高興了吧。愛理沙有點害怕。
「……這個婚約對妳的人生而言非常重要。好好加油吧。」
養父淡淡地對低頭道歉的愛理沙說完這句話後，便走向了客廳。
獨自被留下的愛理沙呆站在玄關。
她不禁用雙手揪緊了衣服的領口。
「高瀨川同學……」
愛理沙用微弱的聲音說著。

第三章　和「婚約對象」的初次約會

到了期末考的前一天。

由弦正準備做考前最後的衝刺時……

「喂。」

『喔，由弦啊……你書念得怎麼樣了。』

打電話來的是高瀨川家的前任當家，由弦的祖父。

他的語氣非常嚴厲……是以前任當家的身分，對下任接班人說的話。

「我有比上次更認真地念書，所以我想可以期待會有好結果喔。」

『哦……能贏過佐竹、上西跟良善寺嗎？』

「這個……要是沒出什麼大差錯，我想應該能贏……上次我也考贏了他們。」

『那橘呢？』

「小亞夜香就……嗯，很難說呢……」

橘亞夜香雖然看起來是那個樣子，但她的腦筋很好。

由弦沒有信心能夠贏過她。

『畢竟只是考試成績，我不會要你每次都考贏。不過……身為高瀨川家的人，你至少要讓橘吃一次敗仗。』

「……是，我會謹記在心。」

橘家和高瀨川家是競爭對手。

就算只是考試，身為高瀨川家繼承人的由弦也不好一直輸給橘家的繼承人亞夜香。

『不過考試單純是衡量學業的指標。重要的是……將政治力與經濟力，這一切結合起來的「權力」。只要這點勝過橘就可以了……無論用什麼手段。』

「是，我知道。」

當中也包含了策略婚姻嗎？

由弦的腦中瞬間閃過了這個疑問。但他很清楚答案是什麼，便沒問出口。

『好了，說教先放一邊……生得出曾孫嗎？』

祖父半開玩笑地問他。

由弦也放鬆下來，苦笑著回答。

「……要是我一個高中生讓同學懷孕了，高瀨川家的名聲會一落千丈吧？」

『少說那些鬼話。簡單來說……我想問的是你跟愛理沙小姐進展得如何了這件事。』

「我不是傳照片給你了嗎？如你所見，進展得很順利喔。」

由弦想起了不久之前傳給祖父的那張「笨蛋情侶合照」。

他的臉頰不禁微微發燙，講話的語調也有些奇怪。

『我是在問你在那之後還有什麼進展嗎？有沒有去哪裡約會啊？』

「約會……這我們每週都有在家裡約會啊……」

『你這笨蛋，那根本稱不上是約會！真要說起來，一對健全的男女卻整天在家玩遊戲，你腦子裡是在想什麼啊！』

經祖父這麼一說，兩人明明在交往，卻除了在家玩遊戲之外沒有其他的交流，這點確實很不自然。

不過由弦也有理由可以反駁。

「可是雪城玩遊戲玩得很開心，我覺得只要我們雙方都開心就好啦……」

『她那當然是在體諒你啊！就算她真的玩得很開心……這也太不健全了。稍微去外面約會一下吧。還是說……你們有什麼不能到外面去約會的理由啊？』

不能約會的理由……是沒有。

硬要說的話，只有由弦會覺得有點不好意思吧。

「……我知道了。下次我會試著約雪城去約會。這樣就行了吧？」

『行。還有……得好好拍張照來給我看啊。』

「……是是是。」

由弦不禁嘆了一口氣。

※

「呼……還不錯。」

自己對完答案的由弦鬆了一口氣。

雖然到考卷發下來為止都還不能肯定，不過應該至少能拿到跟期中考一樣，或是比那更好的分數。

想必是跟愛理沙一起開讀書會的功勞吧。

……期中考的時候他和宗一郎他們邊胡鬧邊念書，其實沒什麼進展。

「所以妳覺得自己考得怎麼樣？」

「……感覺還不錯。我想有發揮出努力後該有的成果吧。」

「那真是太好了。」

期末考最後一天。

儘管不是週六而是週五，但愛理沙來到了由弦住的華廈。

因為他們兩個打算一起對答案，回顧考試的表現。

「不過自己對答案的感覺還真是新鮮呢。」

「……你之前沒這樣做過嗎？」

「因為我基本上是不回首過去的啦……而且我的朋友也都是些不會回顧過去的傢伙。」

具體來說就是宗一郎、亞夜香、千春、聖。

都是些壞朋友呢。由弦有些憂慮自己偏頗的交友關係。

然而這就叫做物以類聚吧。

「太常回首過去或許不是好事，不過我想至少該復習吧。」

面對不知為何反而看開了的由弦，愛理沙用冷漠的眼神跟語氣這麼說。

由弦則是對此聳聳肩。

「人家不是說復仇不會創造出任何事物嗎？」

「那是復仇，不一樣……為了準備暑假期間的校外模擬考，得好好努力才行。」

「校外模擬考啊……那不認真不行啊。」

期中、期末考和校外模擬考。

後者絕對比較重要。

如果不考慮推甄，在校成績不好倒也無所謂。

因為期中、期末考的考試題目實在很難說是有確實對應大考的考題，所以要說對於考大學有沒有幫助，得打上一個問號。

「我是覺得不管哪邊都該認真面對就是了……不過你本來就不考慮推甄這個選項嗎？」

「我沒自信可以守規矩地度過這三年。雪城妳想以推甄為目標嗎？」

「我還沒決定。不過選擇越多越好吧？」
完全是好學生會給的答案。
真想叫宗一郎他們好好學學人家。由弦這樣想著，故意忽略自己。
「哎呀，可是考試還是距今很久以後的事情。而期末考也已經考完了。我們聊點關於更近的未來的事吧。」
「我是覺得完全不去思考這些也很不像話……不過你所說的更近的未來是指？」
「明天要怎麼辦？跟平常一樣玩遊戲嗎？」
明天是週六。
愛理沙到由弦家來的日子。
因為這兩週都在念書，沒有玩遊戲，要玩遊戲的話也算是久違了。
「關於這個問題，我有件事想跟你商量。」
愛理沙略顯正經地對由弦這麼說。
「怎麼了？」
「……你不是每週都會準備蛋糕嗎？」
「喔，對啊。雖然上週是吃泡芙啦。」
由弦偏愛的知名甜點店。
光是蛋糕就有很多種類，當然也有布丁一類的甜點。

而且全都很好吃。

由弦為了愛理沙，每週都會買不一樣的甜點回來。

「那個很好吃呢。呃，不是這樣。」

「不是這樣？」

「明天……我希望你可以不要準備甜點。」

由弦不禁疑惑起來。

每週拿出蛋糕時，愛理沙的眼睛都會閃閃發光，吃蛋糕時看起來也一臉幸福的樣子。

而且她剛剛才說了泡芙很好吃。

「為什麼？很好吃吧？」

「很好吃。雖然很好吃……但問題就出在這裡……還請你體諒。」

被她這麼一說，由弦想了一下……得到了答案。

原來如此，身為女性確實會在意這件事吧。

不過……

「真要說起來，我認為妳在咖啡裡面加的砂糖分量可能才是主要的原因……」

「這點不用你多管閒事。而且我還沒變胖，只是在擔心的階段而已。」

愛理沙瞪著由弦這麼說。

她雙頰泛紅，皺起眉頭，眼睛往上瞪著他。

看來由弦說錯話了。

「唉……不過我可能也胖了。雖然我有刻意增加運動量啦。」

「……男性的新陳代謝不是比較好嗎？」

「比起蛋糕，妳做的菜比較邪惡啊。我都會一不小心就吃太多了。」

「這還真是……我該說謝謝呢，還是該說對不起呢？」

愛理沙不知所措地說道。

說是這麼說……但真要說起來，她的心情似乎比較偏向「謝謝」這一邊。

證據就是她的嘴角微微上揚了。

「……老實說最近，我被爺爺，也就是我祖父給唸了一頓。」

「被唸了？」

「他說老是在家裡玩遊戲，你或許玩得很開心，但正值青春年華的女孩會覺得很無聊吧。大概是這樣的內容啦。」

雖說愛理沙來由弦家，一方面是因為她想玩遊戲……但同時也是為了假裝兩人是感情很要好的婚約對象。

簡單來說名義上是「在家約會」。

不過……天底下哪有老是只會「在家約會」的情侶啊？

「我是玩得很開心……不過這個嘛……其實我的養父今天早上……也問我說，我們不去外面，呃……那個……約會嗎？」

愛理沙要說出約會這個詞的時候稍微猶豫了一下。

對愛理沙來說只是兩個異性朋友出去玩。不過在旁人的眼光看來，他們是一對情侶。而從監護人的角度來看，他們是彼此的婚約對象。

畢竟是他們故意演得像是那樣的，所以這也是當然。不過要從自己的嘴裡說出來，依舊有些不好意思。

……這種態度反而像交往初期的生澀情侶，不過這點倒不是什麼問題。

「妳也一樣啊……這我想跟妳商量一下。就是……那個，我們要不要乾脆明天出去約會？」

最近一直在念書，沒什麼活動身體。

所以去外面稍微活動一下身體，也比較有益健康吧。

而且難得都考完期末考了。

想去和平常不太一樣的地方開心地玩。

由弦如此提議。

「說得也是，我覺得這點子不錯。況且為了提升我們在交往的可信度，還是多少要去外面玩比較好。」

「那我再跟妳聯絡。」

兩人就這樣決定要來挑戰「約會」這檔事了。

※

約會當天。

因為打算做點運動，兩人換上了方便活動的衣服，來到的地方是……

「這裡可以做些什麼啊？」

「卡啦ＯＫ、射飛鏢、撞球、保齡球、桌球、網球……這些是我用過的設施。」

所謂的綜合娛樂休閒館。

他們是想說難得出來了，不如去個有益健康的地方，才選擇了這裡。

「你有來過這裡嗎？」

「嗯，有跟朋友來過好幾次。我說的朋友當然是佐竹宗一郎跟良善寺聖。」

由弦實在沒勇氣帶愛理沙去他一次都沒去過的地方。

而且畢竟這裡什麼都有，他也是覺得來這裡的話總不會全都槓龜吧。

由弦雖然有這裡的會員卡，但因為愛理沙沒有，於是在進場時辦了一張。

愛理沙把會員卡收進錢包裡之後，開口問由弦。

「那接下來……要做什麼？」

「雪城妳有對什麼活動有興趣的嗎？」

由弦認為這時該優先讓第一次來的愛理沙做選擇，邊說邊攤開了從櫃台拿來的導覽手冊。

愛理沙深思熟慮之後，指著其中一個設施。

「網球我有在上課時打過。要比賽的話……我是沒什麼信心，不過如果只是來回對打，我想應該會是不錯的運動，也滿有趣的吧。」

「網球啊。嗯，不錯，就這麼辦。」

男女一起打網球，這不是個很像情侶會做的活動嗎？

就算是煩人的祖父，只要說「我們去打了網球」，也一定能搞定他。

他們立刻借了球拍和球，走向網球場。

「那我負責開球喔？」

「好，你開吧。」

由弦盡量不要太用力地把球打向了愛理沙。

接著愛理沙便靈活地把球給打了回去。

她的球路很穩，球直直地朝著由弦飛來。

由弦又再打了回去。

「……妳很會打嘛，雪城。」

「高瀨川同學也是……打得很好呢。」

他們的來回對打比預料中持續得更久。

球不斷地反覆來回於兩人的場地。

然後……終於到了結束的時刻。

「啊……」

「喔……」

愛理沙打回去的球，朝著由弦的方向……更偏一點的位置飛了過去。

由弦雖然還是想辦法把球打了回去，可是球也往不如他預期的位置飛了過去。

就算是愛理沙，也沒辦法把這球再打回去了。

「抱歉啊，雪城。」

「不會……是我先失誤的。」

雙方稍微向彼此道歉後，又重新開始對打。

「好！」

「嘿！」

明明只是互相把球打回給對方而已，然而光是這樣就很開心了。

兩人的臉上也逐漸浮現了笑意。

「我說啊，雪城。」
由弦在結束了不知道第幾次的來回對打後，隔著球網向愛理沙搭話。
「什麼事？」
「我看我們彼此都還滿會打的……要不要來比一場？」
對比賽沒有信心。
愛理沙雖然這樣說，但從由弦的角度來看，她的實力已經足以比賽了。
光是來回對打也很有趣，不過可以的話，比賽會更有趣吧。
「好啊，我們來比賽吧。」
看來愛理沙也不想繼續來回對打了。
她毫不猶豫地點頭答應。
「那總之先來比個一局吧。」
「好……啊，我可以說句話嗎？高瀨川同學。」
「怎麼了？」
是想要對他設一些限制嗎？由弦雖然這樣想……
但愛理沙一臉認真地說了。
「拜託你不要放水。」
「……我知道了，不要放水是吧。」

她還是老樣子很好勝啊。由弦不禁苦笑。

……說是這樣說，但他心裡緊張了起來。

（要是沒放水還輸了……這會影響到我身為男人的面子啊。）

跟玩遊戲的時候不一樣，倘若是比網球，由弦身為男性，在體能上占有優勢。

如果這樣他還是輸了……那由弦會非常不甘心吧。

「要開始囉。」

「好。」

由弦向愛理沙出聲打了個招呼後，便一臉認真地發球過去。

過了一段時間後，比賽結束了。

「唔……真不甘心。」

輸給了由弦的愛理沙懊悔地說道。

她氣噗噗地踏著地板。

「哎呀，不過……雪城妳很強呢。」

由弦則是有些喘著氣，語中混著嘆氣聲。

的確是由弦贏了，不過雙方實在很難分出高下。

老實說由弦有一部分是靠著體能優勢，硬是靠著蠻力取勝的。

「可以再比一場嗎？」

「我是無所謂……不過在那之前，稍微休息一下吧。要是中暑就不好了。」

網球場設置在綜合娛樂休閒館館內，所以有冷氣。

儘管如此，現在是夏天，還是多補充水分比較好。

「說得也是呢。」

得到了愛理沙的同意，兩人坐到了附近的長椅上。

他們用帶來的毛巾擦了擦汗。

這時由弦無意間看向坐在自己身旁的愛理沙。

（……她果然很漂亮呢。）

稍微被汗水弄濕的亞麻色頭髮，以及白色的肌膚都非常誘人。

方便活動，輕薄的短袖上衣吸收了汗水，微微貼在愛理沙的肌膚上。

也因此可以更明顯的看出愛理沙的身體曲線。

柔和的清涼噴霧和汗水混合在一起，散發出好聞的香氣。

「我的臉上沾了什麼嗎？」

「咦？啊，不是……」

注意到視線的愛理沙開口問由弦。

由弦全力催動自己的腦細胞，尋找藉口。

「其實是我想要拍個照……」

「啊……原來如此。」

愛理沙的臉微微泛紅，露出了理解的表情。

雖然是臨時拿「照片」來當藉口，不過這確實也是祖父下的指示。

「……我還是問一下，我們……那個……兩個人私底下套好招的事情，沒被他們發現吧？」

愛理沙有些不安地問由弦。

一般來說祖父會干涉孫子的戀情嗎？他該不會是在懷疑由弦跟愛理沙之間的關係吧……

愛理沙似乎在擔心這些事。

「很難說耶？我看起來是沒有那種感覺就是了……」

由弦和愛理沙之間確實仍有些距離。不過因為家庭因素，幾個月前才訂下婚約的男女關係，也就是這種程度吧。

不如說他們的關係還算是比較好的。

真要說起來，他們並沒有那麼常以情侶的身分出現在由弦的祖父面前，讓祖父得以懷疑由弦和愛理沙兩人之間的關係。

祖父除了來自由弦的聯絡之外，無從得知他們兩人的關係。

「或許他多少感覺到我們以交往中的情侶來說還有些距離了吧。但也就是因為這樣，他才會出言干涉吧？」

「原來如此，那我暫時可以放心了。」

愛理沙這麼說，點了點頭。

接著她開口問由弦。

「那要拍怎樣的照片？跟上次一樣『自拍』嗎？」

「不……這次得清楚地拍出背景。簡單來說要讓他知道我們出來約會了。」

「原來如此。那……請工作人員幫忙拍吧。」

「是啊，請人家隨便幫我們拍一張吧。」

幸好今天人不多，工作人員也沒那麼忙碌。

他們拜託了一位感覺沒在忙，看起來像是來打工的大學生的女性工作人員。

「……所以可以請妳幫我們拍張照嗎？」

「可以喔。交給我吧。」

她乾脆地答應後，接過了由弦的手機。

「好，那麼笑一個……三、二、一！」

隨著快門聲響起，他們拍好了一張照片。

由弦和愛理沙跑到女性工作人員身邊，確認照片拍得怎麼樣。

臉上稍微帶著笑容的男女清楚地出現在畫面上。

因為這次的重點是要讓祖父知道他們有好好出來外面約會，所以這樣就可以了。

總之今天的目的達成了。由弦和愛理沙都放下了肩頭的重擔……然而。

「……不行呢。拍得不好。」

「……什麼？」

「咦？」

由弦和愛理沙還搞不清楚狀況時，女性工作人員又拿起了手機。

「這樣不行！要拍得更開心一點！」

「不，這沒關係……」

「剛剛的照片沒什麼問題……而且妳應該也還有事情要忙……」

「不會，我很閒！所以我們來拍張更好的照片吧！」

充滿幹勁的女性工作人員這麼說。

由弦和愛理沙雖然很後悔他們挑錯了人選，但已經太遲了。

他們就在無法拒絕對方的情況下拍了第二張照片。

「再靠近一點！麻煩男友先生摟住女友小姐的肩膀！女友小姐也更依偎著男友先生，我想想……把臉靠在他胸膛上的感覺！」

女性工作人員不知為何開始煽動他們。

由弦和愛理沙彼此面面相覷。

「（該、該怎麼辦……要拒絕她嗎？）」

「（不，可是……本來就是我們先主動拜託她的……）」
因為對方一副很開心的樣子，事到如今他們實在沒辦法要她別拍了。
「我們就趕快拍一拍，趕快結束這件事吧。」
「……說得也是，我也覺得這樣做比較好。」
現在老實地照她所說去做是最好的解決方法吧。
由弦和愛理沙抱著這樣的想法，決定遵從女性工作人員的指示。
說是這樣說，但他們依舊多少有點抗拒做出會接觸到彼此身體的動作。
所以由弦和愛理沙湊近到了只差一點點，卻仍然沒有碰到彼此身體的距離。
可是……
「來，快點！」
由弦和愛理沙在對方的催促下，又靠得更近了。
雙方從短袖下露出的肌膚碰在一起。
由弦戰戰兢兢地，慢慢把手伸向愛理沙的肩頭，放了上去。
（這跟之前比起來……在各方面都很煎熬啊。）
愛理沙的肩膀被汗水給徹底沾濕了。
而且因為雙方都很貼近彼此，愛理沙身上的香味也變得更為明顯。
由弦能強烈地感受到愛理沙的汗水與體味，反之亦然。

這表示愛理沙也能強烈地感受到由弦身上的汗水和體味。
由弦當然不覺得愛理沙的汗水或體味有什麼令人不快的——不如說他的心情甚至還變得有點怪怪的——不過他很擔心愛理沙會不會討厭他身上的味道。
「……」
別顧慮那麼多。趕快結束這件事吧。
愛理沙彷彿如此說著，把身體靠向了由弦。
由弦也回應了愛理沙的想法，加重了放在她肩上的手臂力道，把愛理沙摟得更靠近自己。
「啊……感覺很棒呢！很棒的身高差！男友先生可以把下巴再收進去一點嗎？對，就是這樣……就是這種相當可靠的感覺。麻煩女友小姐也再靠近男友先生一點。妳有點退開了喔。還有表情也是，再可愛一點……眼睛有點往上看的感覺。啊，就是這樣。很棒呢，看起來非常可愛喔！」
「……」
「……」
這個人到底是何方神聖啊？
儘管由弦和愛理沙心中這麼想，因為想早點搞定這件事，還是遵從了她的指示。
雙方更靠近彼此，讓身體正好碰在一起。

這樣一來，由弦的手臂必然會碰到愛理沙那囤積了柔軟脂肪的胸部。

兩人都馬上注意到了這件事，身體微微顫抖，不過……他們也不好意思提醒彼此這件事，只能紅著臉不說話。

然後雙方便裝作沒發現這件事，半是自暴自棄地……讓彼此的身體更緊密地貼合，像是互相擠壓似的貼近彼此。

由弦可以透過輕薄的短袖運動上衣感受到愛理沙柔軟的身體。

「很棒喔，就維持這個姿勢……三、二、一！」

女性工作人員非常開心的按下快門，拍了幾張照片。

然後讓滿臉通紅，儘管拉開了距離還是覺得很尷尬的由弦和愛理沙看剛拍好的照片。

「怎麼樣？」

「呃，嗯……感覺很不錯啊。」

「非、非常感謝妳。」

他們不想隨便評論，又被逼著拍更多照片。

抱著這種想法的由弦和愛理沙連忙點頭稱是。

女性工作人員開心地回去工作了。

他離開後，可能是出於尷尬吧，現場有好一陣子都在沉默的掌控下。

最後是愛理沙先打破了這片沉默。

「……雖說是傳給高瀨川同學的爺爺，但還是很不好意思呢。就是，那個，讓他存著那張照片。」

「哎、哎呀……是啊。不過妳放心吧，我爺爺不會拿這照片去做什麼壞事的。」

平常雖然很愛說笑，但他依舊是高瀨川家的前任當家，退休的老爺。

他不會做出有損由弦與愛理沙名聲的事。

真要說起來……他也想不太到那種笨蛋情侶合照能破壞他們什麼名聲。

「妳很在意的話，我叫他看完就刪掉嗎？」

「……不，沒關係。那也不是什麼不得了的照片……是說剛剛拍的照片，可以傳給我嗎？」

「喔……好。」

由弦把照片傳給了愛理沙。

這也是一個美好的回憶……

（如果她能這樣想就好了。）

由弦默默地在心裡嘆氣。

「那我們再來比賽吧。」

「好……這次我會獲勝的。」

「這場我也不會輸的喔。」

由弦和愛理沙相視而笑，各自走向自己的場地。

在那之後他們比了兩局。

三場比下來的結果……是由弦以二比一拿下了勝利。

「我們差不多去玩點別的吧？」

「……你是打算贏了就跑嗎？」

愛理沙不悅地說道。

由弦不禁苦笑……因為他心中確實是如此盤算著。

「就先留下紀錄吧。下次再來分出勝負。」

「……嗯，那我就可以接受。」

由弦說這話有一半是在開玩笑，但愛理沙好像當真了。

她這種好勝的個性……竟讓由弦覺得有點可愛。

由弦和愛理沙收拾好東西後，為了還球拍和球而走向櫃台。

在這途中……

「……是聖啊。」

「……還真巧啊，由弦。」

雙方就這樣正好碰上了。

看起來有些尷尬的聖，旁邊站著一位漂亮的黑髮女孩。
有著纖細的手腳和勻稱的體型，身高偏高的女孩。
凪梨天香。
在由弦的高中，跟愛理沙、亞夜香、千春並列，被評判為可愛女孩的少女。
由弦跟她沒那麼熟，頂多只是在走廊上擦身而過時會打個招呼的交情。
可是千春好像認識天香，聖和天香好像也有一些交集。
雖然兩人就像這樣有一些間接性的關係，但幾乎可說是互不相識。
對由弦來說凪梨天香就是這樣的人。
由弦知道她和聖同班，卻完全沒想到他們是會到這種地方「約會」那麼親暱的關係。
啊～被發現了。
該找什麼藉口才好……
聖的臉上掛著這樣的表情。
而由弦的臉上也浮現了同樣的表情。

※

由弦跟聖都先看向了對方身旁的女孩子。

聖看向愛理沙，由弦看向天香。

然後兩人看向了自己身邊的女孩子。

由弦看向愛理沙，聖看向天香。

愛理沙的臉上浮現了非常頭痛的表情。

接著她直直盯著由弦，輕輕點頭。

請你找個理由矇混過去。

由弦覺得自己好像聽到她這樣說。

「不過還真巧啊。聖，還有凪梨同學。」

「對啊。」

「是啊，高瀨川。」

兩人一開始的慌亂都不知道上哪去了，以沉穩的表情說道。

這方面只能說他們不愧是良善寺家和凪梨家的人。

兩人看向了站在由弦身旁的愛理沙。

「初次見面，兩位好，我是和高瀨川同學同班的雪城愛理沙。」

愛理沙的臉上也帶著平常在學校的那種不自然的笑容，輕輕點頭打了個招呼。

看起來就是個品學兼優的好學生。

「妳好，我是由弦的朋友，良善寺聖。」

「我是良善寺的同班同學，凪梨天香。」

雙方打過招呼後，終於進入了正題。

先出招的是聖。

「……是說由弦，你跟雪城同學在這裡做什麼？」

「我跟她……兩個人是碰巧在這裡遇見的。對吧？雪城。」

「是啊。我跟高瀨川同學真的是碰巧……然後既然難得碰上了，就一起打了幾場網球。」

儘管是沒有事前討論過，臨時想到的藉口，愛理沙還是順著他的話接了下去。

因為這裡也有棒球打擊場那種一個人也能玩的設施，所以自己來玩也沒什麼好奇怪的。

不過要說真有那麼巧會遇見同班同學，這點就有些可疑了。

「……你們交情很好嗎？」

「大概就是正好碰上會想一起打個網球那樣的程度吧？」

「畢竟我們同班嘛。」

這雖然完全沒有回答到聖的問題，但他們本來就沒打算要回答，所以這樣正好。

聖也發現由弦並不想回答這個問題了吧。

他沒再繼續追問下去。

這次換由弦來問他了。

「聖跟凪梨同學呢？」

「我們也是碰巧在這裡遇上的。妳說是吧，凪梨？」

「然後想說那就一起打個網球好了。」

聖和天香也順著由弦和愛理沙的謊言這麼說。

啊～這肯定是在說謊。

由弦雖然知道他們一定是來約會的，但沒有深入去追究。

……重要的是藉此確認雙方都想隱瞞這件事。

「這樣啊……這件事拜託你別說出去。我不太想被其他人瞎起鬨。」

「嗯，我知道了……我這邊也一樣，拜託你了。」

由弦和聖就這樣說好了，要雙方都別張揚這件事。

接著由弦和愛理沙互相看了看彼此。

「……雪城。我們借用網球場的時間也差不多要到了，妳打算怎麼辦？想要再打一局的話，是可以去延長時間。」

「……因為我也想玩玩其他的設施，我們換個地方吧。」

由弦和愛理沙有些刻意地說完這些話後，客氣地對聖他們笑了笑。

「那我們就先走了。」

「再見。」

「嗯……拜啦。」

「好的……再見。」

道完再見後……他們便雙雙離開了現場。

走到一定距離外之後，愛理沙皺起漂亮的眉毛，開口問由弦。

「不要緊嗎？」

「那傢伙口風很緊，應該不要緊吧……要是那傢伙真的說出去，我們也只要把凪梨跟良善寺有一腿的消息傳開就好了。唉，因為對方八成也不希望事情被傳開，所以我是覺得他們不會把我們的事情說出去啦。」

「如果是這樣就好了。」

愛理沙會擔心也不無道理。

她不知道聖是個怎麼樣的人。只有他感覺滿輕浮的，這樣的印象吧。

而由弦也不知道天香是個怎樣的人（愛理沙也不知道就是了）。

從外表和態度來看，她是個溫柔賢淑，具備傳統美德的女性……然而內在又如何呢？

畢竟照聖的說法，她似乎是個「跟惡魔沒兩樣的女人」。

（可是跟惡魔約會是怎樣？）

雖說由弦不太想去思考這件事，不過聖可能是以小學二年級男生會說喜歡的女生壞話的感覺來說天香是惡魔的。

如果是這樣那就有趣了，哪天一定要來調侃他一下。由弦心想。

「那兩個人在交往嗎？」

「天曉得……不過就算不是情侶，雙方也多少有那個意思在吧？不然怎麼會兩個人單獨來這種地方？」

說完之後由弦就注意到了。

這話簡直重重地打了他們自己的臉。

「我說，高瀨川同學，你是在等我吐槽你嗎？」

一如所料，注意到這點的愛理沙有些無奈地說道。

她用略微冷淡的眼神看著由弦。

「……我們的狀況不太一樣吧。我們在設定上必須要假裝是情侶啊。」

由弦一邊搔搔自己的臉頰，一邊像是在找藉口地這麼說。

因為他們是情侶，是婚約對象，所以得好好去約會，跟雙方監護人報告。所以要說這是理所當然的那也是沒錯，不過一般來說，沒有那種意思的男女是不會去約會的。

「去下一個地方吧。」

「說得也是。」

感覺到氣氛有點尷尬的兩人趕緊結束這個話題，開始聊起要去哪個設施玩什麼。

※

「雖然出了一些小狀況，但玩得很開心呢。」

回程路上。

由弦在送愛理沙回家的途中這麼說道。

愛理沙也點頭表示同意。

「是啊。不過高瀨川同學很擅長運動呢。」

「妳也是啊。說只有在體育課接觸過，但實際上很厲害嘛。」

打完網球之後，兩個人也去了各式各樣的設施玩。

然而因為有太多種類了，所以不管在時間上還是以體力上來說，都沒辦法全部玩過一輪。

「那裡也可以唱卡啦ＯＫ或是打保齡球對吧？」

「是啊，可以喔。下次有機會再去吧。」

他們自然的約好了下次要再一起去玩。

由弦看著走在自己身邊的愛理沙的側臉。

夕陽照在她亞麻色的頭髮上，散發出金黃色的光芒，同時也照亮了她美麗的容貌。

那像是美術品一樣漂亮的面孔，微微地帶著笑。

跟在學校裡那種不自然且沒有生氣的表情不同，給人自然又柔和的感覺。那是只有在由弦的面前才會露出的表情。

「怎麼了嗎？」

「我覺得能跟妳發展成這種關係真是太好了。雖然……相親很麻煩，不過我真的覺得能夠遇見妳是件好事。」

由弦感慨很深地這樣說完後，愛理沙也點了點頭。

「是啊。我也覺得能和高瀨川同學變得要好起來，真的是太好了。畢竟我一個人也沒辦法去那種地方玩。」

她說完後微微一笑。

由弦的心臟瞬間噗通地跳了一下。

這讓他產生了一種自己是不是墜入愛河，或是喜歡上愛理沙的錯覺。

（……唉，應該是我多心了吧。）

然而他重新看了看愛理沙的臉，也沒特別湧上那樣的感情。

心中只有覺得很美——這種像是在看藝術品或是花卉的感想。

這讓由弦稍微安心了些。

就在他們聊著這些事情時，已經走到了愛理沙家附近。

儘管有些依依不捨，由弦仍打算對愛理沙道別。

就在這時候。

「雪城同學！

……好、好久不見。」

有個和自己年齡相仿的少年朝這裡走了過來。

由弦試著在自己的腦內人物圖鑑中尋找和他長相一致的對象……卻沒有找到。

對方應該是不同高中的學生吧。由弦得出了這個結論。

「是小林同學啊。好久不見。」

「是妳認識的人？」

「是我的國中同學。」

愛理沙這麼說，臉上的表情……變成了平常在學校裡會看到的，有如能面的表情。

不過她的表情變化本來就很難分辨，如果不是像由弦這樣跟她有一定交情的人，是看不出來的。

「居然會在這種地方遇到妳，還真巧呢……妳的高中怎麼樣？」

「很開心喔。小林同學呢？」

愛理沙這麼說，溫柔地微笑。

一如往常的假笑。

突然從能面轉變成笑容，這想必讓很多男人都誤會了吧。由弦再度重新體認到這件事。

「我這邊啊，很普通啦。呃，這個人是？」

小林看向由弦。

由弦總覺得他的視線裡帶著一股嫉妒和敵意。

「我是雪城的同班同學，高瀨川。初次見面，你好，小林。」

由弦往前走了一步，然後露出了社交用的微笑，如此回應小林。

小林看起來猶豫了一下。

「啊，嗯……你好。」

然後他便陷入了沉默。

認識小林的愛理沙也一臉想說「你打算怎麼做？」的樣子，看著由弦。

不過由弦和小林根本沒有任何交集，既然愛理沙跟小林都沒要說話，對話就到這裡結束了。

然後可能是承受不了這尷尬的沉默了吧，小林忽然開口。

「對了，我還有事該走了。下次再聊，雪城同學。」

小林說完後，便在夕陽下跑走了。

由弦指著他的背影，詢問愛理沙。

「他那個樣子，應該是喜歡妳吧……」

「不用你說我也知道。」

愛理沙深深地嘆了一口氣。
臉上掛著疲累不堪的表情。
「要是他跟我告白，我就可以明白地告訴他我不喜歡他，那樣輕鬆多了。」
「唉……畢竟對方什麼都沒表示，妳也不能忽然對人家說我不喜歡你呢。」
一直感受到不喜歡的男人在對自己示好。
美少女也真辛苦啊。由弦有些同情她。
也順便對已經確定失戀了的小林送上些許憐憫。

※

在暑假開始的前一天，寫有學年成績排名的紙和通知表一起發給了學生們。
「第五名啊。排名比之前更高了呢。」
看了校內模擬考的結果，由弦滿意地點點頭。
由弦上的這所高中，每個學年的人數大約是三百人。
基本上這所學校被歸類在「升學高中」，所以拿到全學年第五名算是很值得自豪的名次了。
（雪城應該順利地拿下了第一名吧？）

學年排名基本上只有當事人自己知道。
不過前十名的學生會被公布在教師辦公室前的公布欄上，所以只要去看就知道了。
平常由弦根本不會在意其他人的排名，不過這次倒是有點想去看一下。
於是由弦就去看了學年排名榜單。
因為才剛張貼出來，所以公布欄前有不少人在。
「雪城……這次也第一名啊。」
看來她有好好發揮努力的成果呢。
儘管不是自己的事，由弦依舊有點高興。
「哦～雪城同學這次也拿第一啊。」
「看來是這樣……呃，小亞夜香？」
「嗨，由弦弦。」
橘亞夜香不知何時出現在由弦身旁。
還不知道為什麼那邊竊笑。
由弦莫名有種不好的預感。
「喂，由弦弦，你為什麼會在意雪城愛理沙同學的排名啊？」
「因為我們同班啊，這也沒什麼好奇怪的吧？」
「咦～是這樣嗎？

如果不是比較親近的人，由弦弦根本不會在意人家的成績吧。」

她還是老樣子，是個敏銳的女孩呢。由弦嘆了口氣。

然後偷瞄了一眼榜單。

「對了，小亞夜香，恭喜妳考到第三名。」

「嗯，跟上次一樣呢。順帶一提宗一郎是第八名，凪梨同學是第十名。」

「凪梨天香啊……她腦筋很好呢。」

因為凪梨從外表看來就是個認真的人，所以她腦筋好這點倒不是那麼值得意外的事。

「所以說由弦弦，先不管凪梨同學，你為什麼會在意雪城同學的排名啊？

唔哇～看你一臉討厭的樣子。是不想被我問起這件事嗎？這也就表示你們之間果然有什麼關係囉？」

「我之所以會一臉討厭的樣子，是因為我不過就是碰巧把看到的東西說了出來，覺得基於這樣就跑來問東問西的青梅竹馬實在很煩。畢竟是同班同學，我有點在意也不是什麼奇怪的事吧。」

要是由弦和愛理沙完全不同班，那在意她的名次或許是有點怪。但他們是同班同學。關心班上同學的成績排名也不是什麼怪事。

由弦這樣回答後……亞夜香用手抵著下巴，開始思考。

「說得也是～嗯，冷靜想想，應該是我亂想過頭了。

不過啊……總覺得哪裡不對勁呢。我會懷疑由弦弦的理由是什麼……我想起來了！」

亞夜香用拳頭敲了一下自己的掌心。

然後嘴角上揚，露出了壞心眼的笑容。

「你送生日禮物的對象，是雪城同學？」

「天曉得，這很難說喔～」

由弦的心緊張地跳個不停。

儘管如此，由弦好歹也是高瀨川家的下任接班人。

不把情緒表現出來、裝傻、睜眼說瞎話這種事他還是辦得到的。

實際上，就算是敏銳的亞夜香，也沒辦法從由弦的表情上看出這話是真是假。

「嗯～是我想太多了嗎？」

「比起我的感情問題，去加深妳跟宗一郎的感情比較好吧？」

「不用由弦弦你擔心，我跟宗一郎也打得超火熱的喔。」

如果是那樣就好了。

由弦想起了另外一個青梅竹馬的女孩，嘆了口氣。

※

暑假時要回老家一趟。
這是由弦一個人住在外面的條件之一。
不過他還有打工，所以沒打算在老家待太久。
會待在老家的時間頂多就兩週。
由弦將行李裝在行李箱中，為了回老家而搭上了電車。
然後……
「咦？雪城。」
「哎呀，高瀨川同學。這還真巧。」
由弦竟然這麼巧地遇到了坐在電車上的愛理沙。
愛理沙看向由弦拖著的行李箱。
「這麼說來，你有說過你要回老家呢。」
「嗯，對啊……雪城妳是要去哪裡？」
「我打算去添購夏天的衣服。」
看來兩人真的是碰巧遇見的。
雖然這麼說，但能在這裡碰面，也算是運氣不錯。
「那……兩週後再碰面吧。」
雖然最後一次碰面的週六他也有說過這件事，但因為之後還要去學校，所以嚴格來說那並非「最後」一次碰面。

而他在學校沒辦法和愛理沙道別，所以這是個好機會。

「好的。我會期待兩週後再碰面的。」

愛理沙淡淡地回覆。

畢竟也不是此生就不會再見了，一想到只要兩週後就能再碰面，這段期間也能靠傳訊息或電話聯絡，這倒不是多難過的事。

不過……兩人意外地更早就再度碰面了。

※

那是暑假開始後第三天的事。

愛理沙想盡早寫完暑假作業，所以坐在書桌前。

因為作業正好寫到了一個段落，愛理沙為了喘口氣，放下了自動鉛筆。

然後沒什麼特別含意地嘆了一口氣。

她下意識地看向了月曆。

「下個週六……」

要做什麼菜給高瀨川由弦吃呢？

愛理沙想著這件事，接著又想起了現在在放暑假，由弦回老家去的事。

（感覺意外地很寂寞呢……）

不過就一個月，也不是多漫長的時間。

本來她是這樣想的。但由弦似乎比愛理沙所想的更深入了她的生活之中。

週六去由弦家，一起玩，做飯給他吃。

在愛理沙沒意識到的期間，她已經開始變得非常期待週六的到來。

「真想早點見到他……」

無意間喃喃說出這句話後，愛理沙的臉紅了起來。

她這樣簡直像是戀愛中的少女嘛。

（高瀨川同學和我不是那樣的關係……至少我根本配不上高瀨川同學。）

雖然周遭的人都覺得愛理沙是個「好孩子」，愛理沙自己也做出了這樣的表現。

可是那是她迫不得已才這麼做的……以前的愛理沙，是現在的愛理沙不忍卒睹的任性小孩。

……而人的本質沒那麼輕易改變。

愛理沙現在仍覺得自己是個任性得無可救藥的人。

（而且我對高瀨川同學……說了謊。）

愛理沙對由弦。
撒了一個漫天大謊。
那是會讓愛理沙顯得像是單方面的受害者，藉此激起由弦的保護慾，那樣的謊言。
她欺騙由弦，利用他的親切，讓由弦順著愛理沙的意去行動。
自己是多麼品行低劣的人啊。愛理沙不禁嘆氣。
以前養母曾經大罵愛理沙，說她是個「騙子」，只能說正如她所言。
愛理沙認為一定是因為自己的個性是這樣，才會被討厭的吧。
（他一定會很生氣吧……會看清我這個人吧……）
愛理沙自嘲地笑了。
要是知道了愛理沙的本性，由弦一定會對愛理沙非常失望。兩人現在的關係，也就是「假婚約」也會因此消失吧。
愛理沙不希望事情演變成那樣。
要是沒了「假婚約」，愛理沙在家中的立場又會變回原本不穩定的狀態。而且要是被由弦討厭了，愛理沙就再也不能跟他在一起了。她不要這樣。
（該怎麼辦……）
她知道自己得早點說出這件事。
然而不管怎樣都怕得說不出口。

就在愛理沙如此煩惱時……她的手機響了。
她拿起手機確認，發現是由弦打來的電話。
愛理沙心頭一震。
該不會……是自己的謊言曝光了吧。
愛理沙用顫抖的手拿起手機，盡可能地裝出平靜的樣子，接起電話。
「喂。」
『……是雪城啊。』
「因為這是我的手機。」
『說得也是。』
由弦的聲音聽起來有點緊張。
難道真的是謊言曝光了嗎？愛理沙心中泛起一股強烈的不安。
因為不是什麼要緊事的話，只要傳訊息來就好了。
「怎麼了？」
『不是，我有件事想要拜託妳……妳現在方便講電話嗎？』
「可以。」
愛理沙鬆了一口氣。

看來不是愛理沙說的謊被拆穿了。
愛理沙在放下心來的同時，也感受到了強烈的罪惡感。
『那個，我完全沒有要勉強妳的意思，所以妳要拒絕也沒關係。』
「啊……？」
『要拜託妳這種事情，我真的非常過意不去。』
「所以到底是什麼事……你這樣吊我胃口，我也很緊張。」
是這麼重要的事情嗎？
愛理沙感到自己的心跳稍微變快了些。
『……我想請妳跟我去約會。』
「約會嗎？是去之前的綜合娛樂休閒館嗎？」
愛理沙想起了在那裡玩得很開心的回憶。
然而由弦立刻否定了。
『不，不是……我爺爺他準備了兩人份的門票。』
「原來如此……他也還真是多事呢。」
『唉，照他本人的說法，他也是從別人那裡收到的……不過我不知道他這話是真是假。我有試著拒絕他了，可是……他說天底下哪有暑假中連一次都沒有出去玩的情侶啊！被他這麼一說，我完全無法反駁。』

「這……他說得有道理呢。好啊，我跟你去。」
本來就是愛理沙向由弦提議要訂下這個「假婚約」的。
由弦為了愛理沙，配合她做了很多事。
愛理沙哪有權利拒絕他？
……真要說起來，應該是愛理沙要注意各種細節的，不如說愛理沙該向他道歉才是。
『嗯，我是很高興能聽到妳這麼說。不過……』
「所以地點在哪裡？」
既然說了門票，那應該是遊樂園或是電影院之類的地方吧？
愛理沙邊猜想邊問了由弦。
『是……』
「抱歉，麻煩你再說一次。」
剛剛瞬間有些雜音，所以愛理沙沒聽見他說什麼。
愛理沙拜託由弦再說一次。
『是水上樂園……那個，妳願意跟我一起去水上樂園嗎？』

第四章　和「婚約對象」去水上樂園約會

『水、水上樂園嗎？』

從電話另一頭傳來愛理沙動搖的聲音。

果然還是不行啊。由弦在心裡嘆了口氣。

事情的開端在大約一小時之前。

由弦的祖父突然說「這是我拿到的股東會紀念品，你就跟雪城小姐一起去吧」，然後拿了兩張知名的游泳娛樂設施門票給由弦。

沒錯，就是水上樂園。

要去水上樂園，表示要穿泳裝。

而要穿泳裝，就代表會露出肌膚。

愛理沙因為不擅長和男性相處，很怕看到男人的身體。

而她想必也不願意暴露出自己的身體吧。

至於愛理沙的泳裝打扮……要說由弦完全不想看，那當然是騙人的。但如果真的出現在眼前，他會很緊張吧。

完全可以想見他們會因為緊張跟害羞而無法玩得盡興。

由弦自己也很想拒絕。

然而被說「一般的情侶在夏天，當然會去水上樂園或海邊玩吧」這種話，他也無法反駁。

「嗯，就……算是吧。」

『水上樂園……嗎？也就是說得穿泳裝去吧。』

儘管一開始有些驚慌失措，但愛理沙的聲音已經找回了原有的沉穩。

由於隔著電話，由弦很難感受到她的情緒。

然而愛理沙八成不太情願。

由弦很清楚，雪城愛理沙這個人不會想跟不喜歡的男性去水上樂園玩的。

「妳果然不想去吧。嗯，我會想辦法去跟爺爺解釋的。」

『……這樣沒關係嗎？』

「只要說些姑且不論我，被其他遊客看到的話雪城會不好意思，或是我不想讓其他男人看到女朋友的肌膚之類的理由，我想爺爺應該也會退讓吧。」

再怎麼說爺爺都不會強迫他們吧。

不過相對的，可能得改去遊樂園或者電影院之類的地方約會。

『……不過應該不好說服他吧？』

「哎呀，這……的確說不上簡單。」
這年頭還有多少女生會說去水上樂園得穿泳裝，太害羞了啊？
而且說實在的，這樣學校的游泳課又要怎麼解釋？
只能說有太多可以吐槽的地方了。
『我可以去水上樂園喔。』
一道冷靜沉著的聲音傳了過來。
雖然這回答對由弦來說可真是謝天謝地……但他還是很擔心。
她是不是在勉強自己呢？
「妳不會排斥嗎？」
『是高瀨川同學你說要是我討厭這麼做，就要說討厭的。但我並不覺得討厭，所以可以去。』
「……妳不會覺得害羞嗎？」
『這是場合的問題。在水上樂園穿泳裝又不是什麼奇怪的事……真要說起來，在游泳課也得換上泳裝啊。』
她說得沒錯。
原來也就是這麼回事嗎？單純只是我太介意了？
由弦心中滿是疑惑。

『啊，當然，我希望你不要誤會……我原則上不會跟不喜歡的異性去水上樂園的。其他人怎麼樣我不清楚，但是至少我不會去，也不想去。我不是這麼不知節制的人，尤其是對方誤以為我對他有意思的話，那就麻煩了。』

愛理沙斬釘截鐵地如是說。

她接著又平淡地繼續說了下去。

『不過高瀨川同學你不會誤會吧？』

「嗯……是啊。本來如果不是因為我們有『婚約』這個前提在，我也不會約妳。」

『就是這麼回事。而且高瀨川同學算是無害的吧。若是有害人種，我應該早就看穿了……當然也有可能是你非常會假裝就是了。』

「什麼有害無害的，我又不是什麼害蟲還是害獸的……不過俗話說男人都是野狼啊。」

要說由弦心中真的沒有邪念嗎？倒也不是這樣。

他畢竟還是有一般高中男生會有的性慾。

『高瀨川同學也是野狼嗎？』

「……我想我應該算是受過專業訓練的大型犬吧。」

『對吧？不過我基本上是喜歡貓的那一派，所以我不喜歡高瀨川同學就是了。』

「這樣啊。順帶一提，我比較喜歡狗。」

其實在這個情況下，喜歡狗還是喜歡貓這些事情根本不重要。

當然如果對方想要爭辯，由弦也會奉陪到底就是了。

『真要說起來，「婚約」是我提的。而高瀨川同學則是為了保護我，才接受了這項提議。所以照理來說我應該要盡量配合才對。』

「不，妳可以不用有這麼強烈的義務感……」

『其實大概在一週前，我才想說班上的女生說不定會來邀我去玩，所以買了新的泳裝。我是沒料到高瀨川同學會來約我……不過以時機上來說還不錯。』

她並不排斥。不如說還滿想去的。

愛理沙如此主張。

雖然由弦覺得愛理沙這是在體諒他就是了……

然而話都說到這個份上了，他這時候擅自認定「不，妳果然還是很排斥吧」，硬是拒絕的話，反而對愛理沙很失禮。

真要這樣做，那還不如一開始就不要聯絡她。

「好，我知道了。那關於時間和地點……」

『好的。請稍等我一下。我寫下來。』

※

當天。

先一步換好泳裝的由弦正在游泳池畔等著愛理沙。

周遭隨處可見跟由弦一樣，正在等待女伴的男性。

一做這種事，就有種他們好像真的成了情侶的錯覺。

不過由弦並未把愛理沙當成戀愛對象，反過來也是一樣的。

彼此都對對方沒意思，卻要假裝成是情侶。

真是難得的體驗。

這毫無疑問地會變成他一輩子的回憶吧。無論是好是壞。

就在由弦想著這些事情的時候，突然發現周圍的男性目光全集中在一處上。

由弦自己也跟著看了過去。

「讓你久等了。」

「……喔喔。」

他不禁感嘆出聲。

愛理沙的泳裝打扮就是這麼美麗。

連自稱是大型犬的由弦都不禁看得入迷。

「高瀨川同學。你不說點什麼話，我會很困擾的。」

「啊，抱歉。」

看到愛理沙皺著眉，用冰冷的目光看著他，讓由弦終於回過神來。

然後重新觀察她這一身打扮。

首先是泳裝，沒想到居然是三角比基尼。

而且還是黑色的。

不過設計上並不是只有黑色，在靠近邊緣的地方有些裝飾性的白色花紋，中間則是有個大大的蝴蝶結做點綴。

這套黑色泳裝能夠充分地襯托出她白皙的肌膚。

感覺似乎特別強調了她那如同白瓷般光滑又魅惑的肌膚。

而且因為是比基尼，由弦的視線自然地落在上、中、下三點的位置。

由於愛理沙的身材纖細，所以整體來說還是給人一種纖瘦的感覺。然而該有料的地方一個都沒少。

首先是從頸部一路延伸到鎖骨的滑順頸部線條。

接著下去的是白皙又耀眼的山谷，以及美麗而豐滿的果實。

在那之下是勾勒出柔滑的曲線後收縮，完美地凹陷下去的腰線，以及她形狀漂亮的肚臍。

過了腰線之後，突然往橫向變得圓潤起來的線條，讓人從正面也能想像出她背後的曲線。

而從黑色的泳裝下伸出的兩條細長美腿，只能用一句完美來形容。

「嗯，就是……那個。」

「那個？」

「我現在有點遺憾妳不是我真正的婚約對象。」

由弦用半開玩笑的口氣……迂迴地稱讚了愛理沙的泳裝打扮。

或許知道他是在開玩笑吧，只見愛理沙輕笑出聲。

「那還真是遺憾呢……高瀨川同學也很合適喔。你之前說過會在家裡練身體，也會跟朋友上健身房，看來所言不假呢。」

「那當然……男人也多少會在意自己的身材吧。」

雖然不像女性那麼誇張，但身材走樣還是挺丟臉的。

這種時候他就覺得還好自己平常有乖乖運動。

「不過雪城，妳……該怎麼說呢，我以為妳是會因為這種狀況而害羞的人耶？」

包括露出自己的肌膚，還有看見男性的身體這兩件事。

畢竟這裡是有非特定多數男女齊聚一堂的地方，不管怎樣都會被不認識的男性看見，也難免會看到不認識的男性身體。

「我不是說過這是場合的問題嗎？還有，請你不要特別提起這件事。我一旦在意起來，就會覺得害羞了。」

這麼說著的愛理沙，肌膚染上了一片薔薇色。
看來會害羞的事情還是會害羞。
「這真是抱歉……那我們要先去哪裡玩？」
「這個嘛……我想先悠哉地玩一下。」
「那就先去漂漂河吧。」
兩人朝著漂漂河區前進。

※

由弦事到如今才發現，跟愛理沙走在一起果然很引人注目。
雖然會猛盯著瞧的失禮人士不多，但大多數的男性都會多看兩眼，其中也有不少會不時瞄個兩眼，偷偷觀察他們狀況的人。
畢竟愛理沙就是有這麼引人注目的長相和曼妙的身材，也是無可奈何。
就像是美女稅那樣的東西吧。
不過有趣的是……不僅男性，也有為數不少的女性對愛理沙投以帶著羨慕與嫉妒的目光。
「美女這麼引人注目，真辛苦啊。」

由弦半是挖苦地這麼說，愛理沙卻不知為何一臉傻眼的樣子。
「……我想有一半是你造成的喔。你沒有自覺嗎？」
「不，呃……也不能說完全沒有啦。」
由弦不禁苦笑。
基本上，他還是知道自己的長相比一般人來得好看些。
「啊，高瀨川同學。那裡可以租借泳圈呢。我想悠閒地漂水，去借一下吧。」
愛理沙這麼說，指向了泳池一角。
那裡排列著大大小小的各式泳圈。
有基本款，也有做成鯊魚外型的變形款。
「……也有雙人用的耶，妳覺得呢？」
「麻煩你用常識來思考好嗎？」
被她白了一眼，由弦只能聳聳肩。
愛理沙在這裡說用常識思考，當然是指借用單人泳圈。
畢竟他們又不是喜歡彼此，再怎麼樣都不該去借兩人的身體很有可能會互相接觸的雙人用泳圈吧。
愛理沙用出場時結算的手環，借用了單人泳圈。
「高瀨川同學你不借嗎？」

「我想稍微游一下。」
兩人緩緩泡入水中。
愛理沙趴在泳圈上方，悠哉地漂在水面上。
由弦則是抓著泳圈的繫繩，跟在愛理沙的後面。
「嗯……真舒服。」
「嗯……是啊。不管怎麼說，有來真是太好了。」
愛理沙回應了由弦的話。
她平常總是掛著冷漠的一號表情，今天卻瞇細了眼睛，開心地享受著。
說是這樣說，因為只是隨水漂流而已，也沒別的事情好做，由弦便抓著愛理沙的泳圈繫繩，稍微游了起來。

「感覺像是搭在馬車上呢。」
這行為意外地對愛理沙來說大受好評。
她徹底放鬆，任由弦拖著她游動。看樣子沒打算自己動。
「這應該比較像犬橇吧？」
「因為你是大型犬嗎？」
兩人本來這樣邊聊邊順暢地往前游，卻在途中停下了腳步。

因為碰到人群了。

不知道為什麼，有很多人逆著水流，停在原處。

「塞車了？前面……有什麼狀況嗎？」

「這個嘛……不知道是什麼。之後再從泳池畔看看吧，在這裡擋路也不太好。」

由弦和愛理沙雖然也有點好奇，但覺得停在漂漂河上會給其他遊客添麻煩，所以打算立刻通過那裡。

……然而他們的運氣不太好（或者該說太好了）。

「嗚哇！」

「呀啊！」

由弦和愛理沙異口同聲地尖叫出聲。

因為有水從上面潑了下來，宛如人把水桶倒扣在他們頭上。

由弦抹去臉上的水。

「原來大家在意的是這個啊……嚇了我一跳。」

由弦說完後抬頭看了看上方。

他們的頭上設有像是大型水桶的裝置，水就是從那裡潑下來的。

似乎是每經過一段時間，就會潑水下來的機關。

「嚇、嚇死我了。我的心跳得好快喔。」

愛理沙從原本的趴著姿勢站了起來，改用抓著泳圈的姿勢游動著前進。

她那兩顆豐滿的果實就放在泳圈上。

由弦看著水滴滑入她雙丘之間的美景，看呆了。

「高瀨川同學？」

「沒事。不過是說雖然嚇了一跳，但那還滿好玩的呢。」

由弦打算藉著閒聊矇混過去，卻只見愛理沙對他微微一笑。

「你以為我沒發現嗎？」

「非常抱歉。」

兩人正好繞了一圈漂漂河後，便先上岸了一趟。

「其實我沒有去過人造海浪池，可以陪我去看看嗎？」

「我也沒去過，感覺有些在意。嗯，我們走吧。」

畢竟是人造海浪池，是個設計上會讓人聯想到海邊的泳池。

不過那裡當然沒有真正的沙灘，只是把池畔的顏色弄得跟沙灘一樣罷了。

由弦和愛理沙下水後，打算移動到泳池深處……

然而帶著泳圈的愛理沙只要遇到浪打過來，就會稍微被海浪給向後推，很難前進。

「我來拉妳吧？」

「拜託你了。」

由弦抓住愛理沙的泳圈，用推的往泳池內部移動。

浪潮一退，愛理沙就會跟著海浪往前被帶走，但當海浪打過來的時候，她也會順著海浪被推往反方向。

每當她快隨著海浪被推到岸上時，由弦就會接住漂流過來的愛理沙。

「這裡跟海邊不一樣，沒什麼危險，滿好玩的呢。」

「用泳圈的話就可以乘著浪漂動，感覺很有趣耶。」

這跟衝浪又不太一樣，不過隨著海浪起起伏伏的愛理沙看起來非常開心。

愛理沙的表情變化當然不是那麼地明顯……不過看她瞇著眼，嘴角微微上揚的模樣，一看就知道她很樂在其中。

由弦稍微思考了一下，自己是不是也該去借個泳圈來。

「那我們交換一下吧？」

「可以嗎？」

「我不會自己一個人霸占泳圈的。」

愛理沙這麼說，從泳圈裡鑽了出來。

就在她打算把泳圈交給由弦時……

「咿呀！」

「雪城！」

一道大浪從愛理沙的身後打來，讓她被大大往前推。

由弦連忙湊了過去。愛理沙似乎因為太過慌亂而緊緊抱住了由弦。

因為她看起來似乎快要溺水了，由弦也像是抱著她那樣支撐著她的身體。

愛理沙的身體非常柔軟、溫暖，而且輕得令人吃驚。

「妳沒事吧？」

「咳咳，喝到了一點水。」

愛理沙咳了一陣後這麼說。

接著她便一副這才發現自己正緊抱著由弦的樣子，連忙退開。

她的肌膚染上了一層紅暈。

「對不起，給你添麻煩了。」

「別在意。」

由弦一副若無其事的樣子，裝作沒發現這件事地回應她。

於是愛理沙也企圖矇混過去地說道。

「我其實不太會游泳呢。雖然我很喜歡水上樂園。」

「喔，是這樣啊。這還真意外。」

由弦原本以為像運動神經發達的愛理沙，游泳應該也難不倒她。

聽他這麼說，愛理沙便客套地笑著回答。

「我游不完二十五公尺喔，因為我不太會換氣。」

「原來如此。」

那下次有機會，我來教妳吧。

由弦急忙把差點脫口而出的這句話給吞了回去。

「那個應該是滑水道……吧？」

兩人正在人造海浪池裡玩的時候。

愛理沙這麼說並手指著的，是離這邊有一段距離，看起來像鐵管的設施。

仔細一看，鐵管一直從高台延伸到了下方。

「嗯，應該是吧。那個好像是這座水上樂園的主打設施……的樣子。」

原則上有事先做過功課的由弦回答了愛理沙的問題。

那似乎是規模相當大的滑水道，由弦也有點期待。

「要去滑滑看嗎？」

「這個……嘛。我想挑戰看看。」

愛理沙帶著混合了緊張、興奮、不安與好奇的表情輕輕點了點頭。

看她這樣子，想必是沒有玩過大型的滑水道。

「那我們過去看看吧。」

「好的。」

由弦與愛理沙離開人造海浪池，來到滑水道這一頭。

兩人慢慢登上階梯，跟著排隊。

過了一段時間後，愛理沙開始有些躁動不安。

「雪城？呃……妳怎麼了？」

「啊，不……那個……沒事。」

愛理沙的表情看起來比剛才更顯得不安。

只見她不時瞥向下方，並且用一隻手緊緊抓住自己的另一隻手臂，環抱著自己的身體。

「妳該不會是害怕了吧？」

「……這、這裡比我想像中的還要高。」

由弦爬上來之後確實也覺得這裡有點高。

不過這種設施本來就是越高越刺激也越好玩，所以由弦反而很興奮就是了。

「那要回頭嗎？」

話雖如此，要是愛理沙會怕，就應該在這裡折返。

只要由弦等下再一個人來玩就好了。

「不，那個……我也還是很想玩玩看……」

愛理沙臉上的好奇心並未消失。
她似乎正在恐懼與期待這兩種感情之間搖擺不定。
不過就在愛理沙如此煩惱時……
「那麼，接下來輪到先生跟小姐嘍。」
工作人員呼喚了兩人。
愛理沙的身體嚇得抖了一下。接著她緊緊握住雙拳。
看樣子是事到如今，下定決心不回頭了。
「兩位要分開滑嗎？還是一起？」
工作人員開口詢問由弦和愛理沙。
看樣子滑水道備有單人與雙人用的泳圈，要兩個人一起玩也行。
不過雙人用的泳圈……兩人的身體肯定會碰在一起吧。
如果是真正的情侶想必是求之不得，但由弦和愛理沙只是彼此（假的）「婚約對象」。
愛理沙應該也不太想跟身為男性的由弦有過多的肢體接觸吧。
……雖然由弦並不排斥，甚至還覺得自己賺到了。
「那就分開……」
「我們要兩個人一起滑。」
愛理沙打斷由弦，大聲宣告。

她緊緊握住由弦的手，抬眼看著他。
她那帶著不安神色的翡翠色眼眸直直地凝視著由弦。
「那個……拜託你。」
「好，我知道了……兩個人一起滑一定很有趣。」
因為她會怕，所以希望兩個人一起滑。
由弦爽快地答應了愛理沙的請求。
工作人員臉上浮現看到了一對可愛小情侶的表情，拿出了一個雙人用泳圈。
泳圈的形狀就像是兩個甜甜圈連在一起。
「那麼兩位小情侶，你們誰要坐前面？」
「情、情侶……」
愛理沙害羞地紅著臉，低下頭去。
愛理沙完全沒發現，她這樣的反應看起來就像是剛交往的青澀情侶、戀人。
由弦儘管害羞，還是開口問了愛理沙。
「怎麼辦？妳要坐前面？還是後面？」
「………………後面好了。」
沉默了半晌之後，愛理沙如此回答。
似乎是覺得坐後面會比較不可怕吧。

實際上由弦也不知道前面和後面哪邊比較可怕。

雲霄飛車似乎是後面比較可怕……但這是滑水道。他也不知道情況一不一樣。

「那我坐前面。」

由弦與愛理沙坐上了泳圈。

（她很緊張呢……）

由弦看著愛理沙從後面伸過來的腿想著。

明顯的可以看出她連腳趾都在用力。

雖然看不見她的表情，但想必她正因為害怕而繃著一張臉吧。

「要出發嘍～麻煩手不要放開泳圈喔。三、二、一……」

泳圈隨著工作人員的倒數被往前推，進入了水管型的滑水道中。

兩人乘坐的泳圈順著水流，逐漸加快了速度。

「喔喔……這速度還真快……」

「高瀨川同學！」

突然有什麼柔軟的物體貼到了由弦的背上。

從後方伸過來的手臂緊緊地抱住了由弦。

一雙美麗修長的腿也挾住了由弦的身體。

「雪城？」

「咿……」

由弦的背上感覺到一股微弱的氣息。

看樣子愛理沙已經忘記工作人員說的「不要放開泳圈」的忠告，從背後抱住了由弦。

由弦彷彿看見了把臉埋在自己背上，渾身顫抖的愛理沙

「……」

他不禁屏息。

班上號稱第一可愛的少女想要求救似的，從身後把胸部貼了上來，緊緊抱住了他。

加上滑水道的刺激感，由弦的心跳一下子加快了起來。

兩人乘坐的泳圈不斷加速，終於來到了出口。

「啊嗚……」

「妳沒事嗎？」

落水的衝擊讓愛理沙的身體重重往前傾。

沒用手抓著泳圈的愛理沙，就這樣緊緊貼著由弦的背。

由弦則因為還緊抓著泳圈的握把，所以兩個人不至於被甩出泳圈。

「哈嗚……還好……」

愛理沙在抱著由弦後背的狀態下如此回答。

然後她似乎馬上就發現到自己正緊貼著異性朋友的身體，連忙退開。

「咿呀！對、對不……呀啊！」
「妳沒事吧？」
愛理沙就這樣順勢往後一倒，從泳圈上跌了下去。
由弦也連忙跳下泳圈，拉著愛理沙的手，讓她能站穩。
「妳還真忙耶。」
由弦這樣調侃她之後，愛理沙的臉便倏地紅了起來。
接著便低頭道歉。
「對、對不起。」
她究竟是為了自己搞砸了，還是為了自己抱住由弦而道歉呢？也有可能同時包含了這兩者吧。
愛理沙整張臉都因為羞恥而紅透了，同時輕輕點頭。
因為一直待在滑水道的出口前面，會給後續的遊客添麻煩，兩人便先行上岸。
把滑水道專用的泳圈還給了工作人員。
「還滿好玩的呢。」
「呃、算……算是吧……那個，不好意思。我抱住你好幾次……」
愛理沙一臉歉疚地對由弦這麼說。
好幾次應該是包含在人造海浪池的那一次吧。

「你、你應該也很討厭吧……被不喜歡的女孩……這樣……那個，緊緊貼著。真的很對不起，給你添麻煩了。」

愛理沙很消沉，真的非常歉疚的樣子。

由弦當然不覺得這有什麼困擾的，他也不想看到愛理沙這麼難過的樣子。

他希望愛理沙能更開心一點。

「我完全不介意。沒事的。」

由弦這樣安慰她之後，愛理沙抬頭看著他。

「真的嗎？」

「真的。不如說……」

「不如說？」

愛理沙疑惑地歪著頭。

由弦想安慰愛理沙的心情，以及想表達自己完全不在意的念頭太過強烈，使得他不小心脫口而出。

當然事到如今，他要收回也已經來不及了。

「我還覺得賺到了……」

由弦覺得自己的臉微微發燙。

他也知道自己說錯話了。

「……」

「不，剛剛這是……因為被妳仰賴而覺得很高興。那個，絕對不是因為妳抱著我才覺得高興喔……」

面對默不作聲的愛理沙，由弦連忙開口解釋。

但他的解釋反而讓事情越描越黑。

愛理沙面對這樣的由弦……

「你這個色狼。」

說完之後，她輕笑出聲。

然後輕輕推了由弦的背一把，微笑著說道。

「我知道了……我們去下一個泳池玩吧？」

「啊，嗯……去下一個吧。」

看樣子愛理沙重新打起了精神。

儘管由弦總覺得心裡不太能接受，還是放心地鬆了一口氣。

兩人一起玩了約一個半小時。

到了休息時間，兩人來到岸上。

「有點累了呢。」

愛理沙一邊撥開濡濕的頭髮一邊說。

她這動作非常性感、迷人。

「……這麼說來，高瀨川同學。」

「怎麼了？」

「今天……那個，有需要拍足以當作證據的照片嗎？」

愛理沙用手抓著自己另一邊的手臂這麼問由弦。

因為他們是基於祖父的「指示」，才會來這個水上樂園約會的，根據過去的經驗來看，祖父有要求他們拍照留下證據也不奇怪。

不過……

「不，這次不用。」

「……是嗎？」

「他再怎麼樣都不會叫我交出妳的泳裝照吧。而且……他好像已經不太擔心我們了。」

祖父之所以要求由弦傳照片給他，是因為擔心他跟愛理沙的關係。

相親或跟人訂下婚約這些事，對高中生來說實在太早了……祖父基本上還是知道這件事的。

畢竟是自己撮合由弦跟愛理沙的，這方面自然要多關照一下……這才是祖父心中的盤算吧。

不過最近傳的兩張照片，似乎已經讓祖父認定由弦和愛理沙的關係還不錯了。

只是祖父直接當著由弦的面，刻意地笑著說「這次不用傳照片給我。因為你們的感情看來已經夠好了。哎呀～年輕真好呢。呵呵呵呵……」還是讓由弦有些不爽，不過這是祕密。

一方面也是祖父有正常的倫理、道德觀念，知道要由弦給他年輕少女的泳裝照不妥吧。

「原來如此……是這樣啊。」

由弦原本以為愛理沙一定會為此鬆一口氣，很高興不用拍照吧，然而她卻一副不太能接受的樣子。

看起來好像有點遺憾。

「那個……要不要拍一張？」

愛理沙小聲地說。

「咦？」

由弦忍不住反問。

只見愛理沙滿臉通紅，感覺很害羞，扭扭捏捏地回答。

「就是……那個，我想要一張可以當作回憶的照片……這樣。不行嗎？我想……朋友一起拍張照，應該不奇怪吧？」

「呃，嗯……的確是這樣。」

這一點也不奇怪。

由弦雖然不喜歡拍照，但是和朋友一同出遊時，還是多少會拍個一、兩張照片。

「不過這樣好嗎？就是……把妳穿泳裝的樣子拍下來。」

「……唉，畢竟這裡是水上樂園嘛。」

愛理沙彷彿在找藉口似的這麼說。

接著她突然輕聲一笑。

「還是說你會拿我的照片去做壞事？」

「怎麼可能……好，我知道了。我們拍一張吧。」

「這次可以換我來拍嗎？」

「好啊。」

畢竟是她自己說想拍的。

或許是因為這樣吧，於是愛理沙為了拿手機而先走回置物櫃一趟。過了一會兒之後，愛理沙回來了。

她臉上的表情有些緊張。

「那麼來拍吧。要在哪裡拍比較好？」

「那附近怎麼樣？畢竟……我看大家都在那裡拍。」

由弦指向一個感覺還不錯的裝置藝術。

有好幾對情侶正在那裡拍照。

「……」
「……」
「哎呀，也有是朋友的人在那邊拍照啊。」
「說、說得也是。」
兩人打馬虎眼地這麼說，站到裝置藝術的前面。
愛理沙輕輕往由弦那邊靠了過去。
兩人身體微微碰在一起。
「……」
「……」
愛理沙舉起準備要自拍的手機，畫面上出現了兩人從胸部到臉的部分。
兩人身上當然都穿著泳裝，裸露出肌膚。
為了將兩人都拍進去，他們靠著彼此，也能明顯看出他們的身體有微微地碰在一起。
「嗯……拍好了。你要看嗎？」
愛理沙說完後把手機遞給由弦。
由弦接過手機，確認照片。
「嗯……嗯，感覺還不錯啊。」
照片中兩人的表情看起來都很自然。

不管是好是壞，他們都多少習慣一起合照了吧。

「哦……喂喂，也讓我看看嘛。」

「喔，好啊……嗯？」

由弦沒多加思考，就把手機拿給了從他身旁探頭過來的少女……然後才發現。

那不是愛理沙。

「不錯嘛。感覺像是關係穩定下來，已經習慣彼此的情侶。」

一邊賊笑一邊說出這句話的是……穿著紅色比基尼的黑髮少女。

是橘亞夜香。

「小、小亞夜香？」

由弦驚呼出聲後，有兩個人影從裝置藝術後方走了出來。

「我也在喔！」

「唷，由弦……你好像玩得很開心啊。」

和亞夜香帶著同樣的笑容現身的是千春和宗一郎。

他們肯定是誤會了。

由弦和愛理沙連忙向彼此使眼色。

「（要、要怎麼辦？）」

「（只、只能想辦法矇混過去了吧。）」

兩人下定決心，重新面向宗一郎、亞夜香和千春。

由弦一副若無其事的態度跟三人打招呼。

「真巧啊，三位。」

「喔，真巧啊，由弦。話說……」

「那邊那位可愛的女孩，是雪城同學吧？」

「喂～我說由弦弦啊。你們為什麼會一起在水上樂園拍合照啊？」

三個人一邊賊笑一邊追問由弦。

愛理沙則躲到由弦身後，把身體縮得小小的。

看來她打算全都丟給由弦去解釋。

「啊～這個是～」

「「「這個是？」」」

「我們只是剛好、碰巧，在這裡遇上了。沒想到也遇見了你們呢。巧合就是會不斷發生耶。」

聽由弦這樣說完之後……

三人面面相覷。

「「「你這說法太牽強了。」了喔。」吧。」

沒能矇混過關。

※

宗一郎率先指了指附近的某一間餐廳。

「總之我們先去店裡，邊吃邊聊怎麼樣？」

那是可以穿著泳裝入內用餐的水上樂園設施之一。

現在是中午時分，由弦和愛理沙也都還沒吃東西，所以正好。

而且比起胡亂逃避，好好說明清楚還是比較理想。

由弦對愛理沙使了個眼色，接著兩人一起點了點頭。

「你們很有默契嘛。果然如我所料，由弦弦和雪城同學在交往……好痛！由弦弦竟然打我！」

「妳不要太早下結論。」

由弦輕輕敲了亞夜香的頭。

一行人入座並點完餐之後，愛理沙開口向三人打招呼。

「各位好，我是雪城愛理沙。請多指教……」

於是三人也一同點頭示意，紛紛回應。

「我是佐竹宗一郎，請多指教。」
「我是橘亞夜香。請多指教嘍。」
「我是上西千春。請多多指教。」
既然都問候過了……
三人的目光一起轉向由弦。
「所以說由弦。你跟雪城同學果然是那種關係嗎？」
「哪種關係啊？」
「少裝傻了。我在問你們是不是情侶。」
「不是。」
「又來了……哪有不是情侶的男女會一起來水上樂園玩啊？即使不是情侶，要不是彼此都有那個意思，一般來說也不會來吧。」
「這個嘛……」
這下由弦也不知道該如何是好了。
既然都被人撞見他們穿著泳裝來水上樂園玩了，應該是很難只靠隨便打哈哈就矇混過去吧。
「……高瀨川同學。這三位是口風很緊，足以信任的對象嗎？」
愛理沙小聲詢問由弦。

關於這點倒是沒有問題。

這三人雖然稱不上是什麼清廉的聖人，但也不是會隨便亂傳朋友祕密的那種人。

……再說在商務層面上，沒有比信用更重要的事了。

要是他們這時破壞了由弦的信用，將來也只會不利於他們三人。

「那當然……關於這點我可以保證。不過要是因為有個什麼閃失，導致消息走漏出去……」

「在某種程度上向他們說明，讓他們了解到這對我們而言是非常重要、正經的事情，會不會比較安全？」

「這個嘛……或許是這樣沒錯。」

不用說，口風緊不緊當然是取決於情報的重要性。

所以如果真的希望他們不要說出去，就得好好說明背後的緣由……

可是要說明這背後的緣由，就必須提到愛理沙的家庭狀況。

然而他們三個人雖然是由弦的朋友，但對愛理沙來說只是陌生人吧。

「……好，我明白了。我來說明。」

現在只能盡量不要提及愛理沙的家庭狀況，巧妙地說明清楚了。

由弦在這樣的考量下隱瞞了部分事實，大略地說明了狀況。

聽完所有說明後，亞夜香劈頭就說了一句。

「由弦弦，你這狀況還挺有意思的嘛。」
「……這我也有自覺。」
面對正在賊笑的亞夜香，由弦語中混著嘆息，低聲說道。
如果事不關己，沒有什麼比這個更有趣的事情了吧。
因為這就像是漫畫或是連續劇中才會出現的情節發生在自己的身邊。
「不過沒想到真的找來了雪城同學啊。你爺爺有夠厲害的。」
「是啊……我太小看他了。真應該提出一些更不合理的條件才對。比方說外星人、異世界人、超能力者或是未來人之類。」
由弦有些自暴自棄地回應一臉佩服的宗一郎。
真要說起來愛理沙不算是金髮，也沒有一雙藍眼睛，並不符合條件。
如果他要推掉這樁相親，應該還是可以推掉的。
然而由弦之所以沒有這麼做……
「可是由弦同學，雪城同學不算是金髮碧眼啊，你應該可以以此為由拒絕吧……老實說你自己也有那個意思吧？」
我抓到盲點嘍。
臉上彷彿寫著這句話的千春如是說。
在由弦說明的內容裡，這個部分確實出現了很大的矛盾。

本來想拒絕就能拒絕的由弦卻接受了……那理由不就是由弦本人也對愛理沙有意思嗎？旁觀者的確可以這樣解釋。

實際上愛理沙是個美女，對一般男生來說可是求之不得，由弦在看到愛理沙的泳裝打扮之後，半開玩笑半認真地想過「如果我們真的是情侶就好了」也是事實。

「叫人找自己喜歡的類型來，如果找不到那正好，但要是真的找到了也很好。原來是這樣，由弦弦真會盤算耶～」

「不愧是深謀遠慮的『高瀨川』呢。」

「原來你跟我說雪城同學不是你喜歡的類型，是在掩飾你的害羞啊。」

亞夜香、千春和宗一郎三個人都產生了和事實有一些尷尬落差的誤會。

這樣一來由弦就變成了一個有些工於心計的男人了……

由弦沒有自信能隱瞞想隱瞞的部分，又巧妙地解釋清楚這個誤會，心裡想著乾脆就讓他們這樣誤會好了。

「不是這樣的。」

可是愛理沙卻否定了宗一郎等人的想法，開口說道。

由弦不禁看向愛理沙。

「喂，雪城。」

「高瀨川同學他……是為了包庇我，才接受這樁婚事的。」

愛理沙把由弦為了保護她的隱私而隱瞞的部分，也就是家裡是以收取聘金為目的，把她用來當作策略結婚的棋子這件事，一五一十地說了出來。

「高瀨川同學確實可以拒絕。可是他不是因為心懷不軌……而是為了我才答應的……不，他說不定也不是完全沒有私心就是了。」

「不是，這點麻煩妳否定到最後好嗎？」

由弦忍不住吐槽說到後面越來越沒自信的愛理沙。

宗一郎等人則是有些吃驚。

「哦……你果真是個好人耶。沒有啦，我打從一開始就相信你喔。」

「真不愧是由弦弦。我當然也覺得事情一定是這樣的。」

「由弦同學在我心中的評價正直直往上升呢。啊，當然我一開始就預料到是這麼回事了。」

「你們這絕對都是在說謊吧。」

由弦瞪了一眼過去，他們三個人都聳了聳肩。

這時餐點也正好送上來了。

於是五個人便暫時停止對話，開始吃午餐……

當然沒這回事。

「喂喂，雪城同學。我可以叫妳小愛理沙嗎？妳也可以直接叫我亞夜香喔。」

「啊，妳也可以直接叫我千春就好。相對的，我可以叫妳愛理沙同學好嗎？」

「咦？這個……我是不介意。呃，亞夜香……同學、千春……同學？」

被亞夜香和千春兩個人有些強勢地這樣問了之後，愛理沙一臉困惑地點點頭。

接下來兩人又更拉近了彼此精神上的距離。

「我啊，覺得小愛理沙給我一種難以言喻的親近感呢。」

「啊，呃……是嗎？」

「妳看，我們的名字不是很像嗎？」

「除了『亞跟愛的發音有一點點像』和『都是三個字』之外根本沒有共通點吧。」

由弦忍不住開口吐槽。

這跟說「千春」和「由弦」的名字很像一樣，根本是胡扯。

「話說回來，愛理沙同學真的很漂亮呢。」

「這個……謝謝妳的稱讚。」

突然被千春稱讚的愛理沙表情有些驚訝地道謝

不過用這種的方式回應千春本身就是個錯誤。

「頭髮很柔順美麗，肌膚也很白，連一點斑點都沒有……身材前凸後翹，可是腰部線條又很明顯。五官也很工整……老實說是我的菜呢。」

「啊～我懂。因為小愛理沙很可愛啊，可能也是我的菜喔。而且黑色的泳裝很能襯托妳白皙的皮膚呢。應該說，明明給人清純的感覺，卻意外地大膽耶……對了！我問妳喔，小愛理沙的父母是外國人嗎？順便說一下，我的高祖母是英國人……好痛好痛！」

「住、住手啊！宗一郎同學！」

亞夜香和千春的失控行為就到此為止了。

因為宗一郎從背後揪住兩人的脖子，硬是把她們往後拉。

「妳們這樣雪城同學會很不知所措吧。真是的……」

他硬是把探出身子的亞夜香和千春給按回座位上。

然後稍微低頭向愛理沙道歉。

「這兩個白痴給妳添麻煩了……因為這兩個人啊，是那種話不講得狠一點就聽不懂的人啦。討厭就說討厭，覺得很煩就儘管叫她們去死吧。」

「啊，不會……沒關係的。我只是有點嚇到了……我的母親有四分之三的俄羅斯血統和四分之一的日本血統，父親則是法國與日本各半。我記得是這樣。父母都是日本國籍。」

愛理沙很乖巧地回答了亞夜香的問題。

雖然由弦沒有直接問過她是哪一國的混血兒……但在相親時就已經作為事前情報，聽說過這件事了，所以他並不驚訝。

由弦沒記錯的話，「雪城」是她父親的姓。

好像在經營貿易公司。

而愛理沙的養父母之中，跟她有血緣關係的是她的養母。

對愛理沙來說，養母算是她的阿姨。

之前在相親的時候由弦也曾跟她的養母打過照面，對方的長相確實比較有偏東歐人的感覺。

另外，「天城」是愛理沙養父的姓。

養父就是一般的日本人，跟愛理沙沒有血緣關係。

「喔～是說坐在那邊的由弦弦啊。由弦弦的曾祖母，也就是奶奶的媽媽，是北歐裔的美國人喔。」

「咦，是這樣嗎？」

愛理沙有些驚訝地看向由弦。

由弦點點頭。

「是啊。不過因為隔得有點遠了……算在誤差範圍內吧。」

由弦幾乎已經可以算是純正的日本人了，至少從外表上看不出來吧。

由弦就長著一張「被人這樣一說，他確實有點像混血兒……不對，應該不是吧～」的臉。

硬要說的話，只有藍色的眼睛像吧。

順帶一提，從他的曾祖父輩再往上推兩代，也就是高祖父的母親似乎是一位德國女性。

推算到這邊，已經是明治、大正時期的事情了，所以以由弦的角度來看，那已經算是「古代」的範疇了。

就在他們熱烈地聊著家庭狀況（或者該說家族系譜）的話題時，五個人也分別吃完了午餐。

離開店裡之後，亞夜香如此提議。

「難得有這個機會，要不要大家一起玩啊？」

她所說的大家，當然是包含由弦和愛理沙在內的五個人吧。

以由弦的角度來看，亞夜香、千春和宗一郎都是他的青梅竹馬，當然沒問題……

「不了……畢竟我今天是跟雪城一起來的。」

但對愛理沙而言，他們三個是陌生人。

要打入除了自己以外，交情很好的四人團體中，她也會覺得尷尬吧。

而且由弦也是顧慮到愛理沙應該不好開口拒絕，才會主動這麼說的。

這也不難理解。

亞夜香聽他這麼說……

「可是我很想跟小愛理沙一起玩耶。哎呀，如果由弦弦想要跟小愛理沙進入兩人世界，卿卿我我的話，那就另當別論嘍？」

「難得都遇見了，我們不如就分成男女兩組去玩吧？我希望能就我們幾個女生一起，沒有顧慮地好好玩一下。」

亞夜香和千春言下之意就是她們有事想找愛理沙。

同時明確地表示她們不會做出排擠愛理沙的行為。

雖然她們兩個總是瘋瘋癲顛的愛亂說話，其實還是很機靈的。

「這提議不錯……老實說我一直照顧亞夜香和千春也累了。」

宗一郎順著亞夜香和千春的話這麼說。

雖然他這話也是顧慮愛理沙才說的……不過看他一臉疲憊，搞不好是真心話。

「我可以喔。我也想更親近各位一點。」

愛理沙用自然的表情回答。

……看起來沒有不情願的樣子。

看樣子她有確實地感受到他們三個人的體貼。

「既然妳都這麼說了……那就這麼辦吧。」

於是他們就先暫時分成男女兩組人馬去玩了。

※

「小愛理沙，換妳了！」

「來！千春同學。」
「哎呀，亞夜香同學！」
三個美少女在沒有波浪和水流的一般泳池裡傳接著海灘球。
雖然沒有什麼明確的規則，不過基本上球不能落水。
而有兩個男生正遠遠地觀望著三位美少女。
「由弦，我偶爾會想。」
宗一郎一副深有所感的樣子，用彷彿頓悟了什麼一般的表情斬釘截鐵地開口。
「這世界上是不是不需要男人啊？」
聽到他這句話，由弦輕聲嗤鼻一笑。
「你在說什麼鬼話？」
「所以說……」
「如果是不久之前的我，或許會這樣回你吧。」
由弦看著三位美少女——也就是愛理沙、亞夜香、千春——愉快地玩耍的身影。
愛理沙的外國人血統很明顯，無論膚色、髮色，甚至是臉型都帶著不同於一般日本人的氣息。
纖細但凹凸有致的身材充滿藝術感，完全沒有下流的感覺。

而這樣的愛理沙穿著中央有蝴蝶結做裝飾的黑色三角比基尼泳裝。

原本給人清純感覺的她，穿上了如此大膽的泳裝後，突然變得成熟許多。

黑色布料充分地凸顯出她白皙的肌膚，讓她看起來十分地美麗。

亞夜香或許是因為和由弦一樣，隔代遺傳了高加索人的血統，所以看起來不太像日本人，輪廓深邃，五官也非常工整。

無論是高挺的鼻梁，還是櫻花色的嘴唇，每個部位都非常漂亮，而且以可說是以黃金比例均衡地配置在她的臉蛋上。

頭髮是豔麗的黑色綢緞，眼睛則是明顯偏紅的琥珀色。

肌膚是漂亮的象牙色，非常光滑細緻。

而她也有著絕不輸愛理沙的傲人身材。

四肢修長、腰部纖細，胸部與臀部都勾勒出了美麗的弧線。

這樣的亞夜香則是穿著款式非常簡約的紅色三角比基尼泳裝。

以那不輸給成年人的身材配上熱情的紅色泳裝，瞬間變得十分煽情。

那模樣看起來實在不像是十五歲的少女。

千春是擁有悠久歷史與傳統的神社繼承人。

或許是因為如此，也或許根本毫無關聯性（大概無關吧），她總是帶著一股神祕的氣息。

榛果色的眼睛，與在陽光照耀下呈現明亮棕色的頭髮令人印象深刻。

她有著堅挺的鼻梁，被長長睫毛覆蓋，又大又圓的雙眼，是個日式美人。

肌膚則是有如白瓷般滑順美麗。

儘管上下圍的豐滿程度更勝愛理沙和亞夜香，仍有著緊實的小蠻腰。

四肢也纖細又修長。

這樣的千春身穿著以白色與粉紅色的布料，加上荷葉邊製成的比基尼泳裝。

因為荷葉邊稍稍遮住了她的乳溝與臀部，儘管相當裸露，仍給人清純的感覺。

三個這樣的美少女親暱地玩耍的景象，確實賞心悅目。

而其中最棒的一點，就在於她們三個的胸前都非常有料。

他們每次把海灘球往上打，胸前的兩顆球也會跟著上下晃動。

此景只應天上有啊。

「嗯，這個世界確實不需要男人。」

這就是由弦的感想。

「由弦……你終於理解了嗎？」

「嗯……之前的我還太幼稚了。」

由弦覺得直到不久之前，那個還是井底之蛙的自己實在太可恥了。

就是因為他至今都沒有欣賞過如此美妙的景色，才無法贊同宗一郎的意見。

但是他現在能夠體會了。

「不，你能理解了就好……吾友啊。」

「宗一郎，謝謝你。」

由弦和宗一郎用力握手。

兩人鬆手之後……

「好了，鬧劇就演到這裡吧，宗一郎。老實說我真是得救了……要我跟雪城兩個人一起度過這一天，說實話真的很困難。」

由弦一改方才胡鬧的態度，正經八百地對宗一郎道謝。

他一點都不討厭愛理沙。

現在甚至覺得跟她在一起很開心。

實際上跟她一起去漂漂河和人工海浪池玩，也都玩得很高興。

不過……還是有極限。

如果他們真的是情侶，或許就可以盡情地卿卿我我，或是不小心有些身體接觸，永遠享受著開心的時光，可是由弦和愛理沙沒辦法做到這件事（至少由弦不打算做出會背叛她信任的行為）。
所以愛理沙能跟亞夜香和千春一起玩，由弦真的是感激不盡。
一起玩的對象都是女生的話，她就不用顧慮那麼多，可以盡情地玩耍。
而且由弦在宗一郎的面前也能好好放鬆一下。
……畢竟男人在女生面前就是忍不住會想表現出自己好的一面，也會緊張。
「彼此彼此啦……要我陪那兩個傢伙玩一整天也夠累人的。唉，雖然是很開心啦。」
光是陪一個女生就夠累了。
如果是要陪兩個女生，肯定更辛苦吧。
由弦有些同情宗一郎。
……不過仔細想想，這是他腳踏兩條船，自作自受的結果，根本沒什麼好同情的。
就算只有短短一瞬間，但由弦馬上就後悔自己同情過他了。
「是說由弦，實際上……你覺得真的有辦法強迫小孩結婚嗎？」
「雖然不是辦不到，不過也沒有什麼好處，值得去冒這麼大的風險吧？」
由弦回答宗一郎的提問。
「也是……早些年先不論，現在這年頭應該辦不到吧。」
「嗯……逼婚這種事情，已經跟不上時代了吧。」
這在以前或許是只能忍氣吞聲地接受的事，但現在已經是能以權力騷擾、性騷擾的名義提出控訴的美好時代了。

如果他們真的無視愛理沙的意願硬逼她結婚，有可能會遭到控訴。

是以基於風險管理考量，不會做出這種事。

「說穿了，不顧當事人意願的相親，就算硬逼著去了，也可以想見最後這樁婚事肯定會告吹。有常識的人都不會做這種事吧。」

最糟糕的情況就是被八卦週刊雜誌拿去寫成報導。

這可不好笑。

「你這意思是雪城同學的父母沒有常識嗎？」

「天曉得？不過……她的養母怎樣我是不清楚，但我聽說她的養父是個相當優秀的人物。」

「……意思是他不可能沒考慮到這些風險嗎？」

「就是這麼回事。」

不過要說這樣表示愛理沙在說謊嗎？那倒也不是。

所以照由弦的推測……

「別看雪城那樣，她的個性意外地軟弱。所以我猜應該是精神層面上的強迫吧。」

由於是被收養的孩子，所以在精神層面與在實際的立場上，她都無法違抗養父母。

因為愛理沙沒有明確地拒絕，就被養父母視為她有意願去相親而繼續說媒。一路拖延下來，事到如今她也沒辦法說她其實不願意去了。

這的確是很有可能發生的狀況。

在由弦和宗一郎聊著這些事情時……

「喂～宗一郎！由弦弦！一起來玩吧！」

亞夜香正好出聲邀他們過去。

由弦和宗一郎看了看彼此之後，便朝著那三人游了過去。

※

他們五個人一起玩之後過了幾個小時。

亞夜香和千春率先發難了。

「喂，我餓了耶。」

「我也餓了～！」

兩人對著由弦和宗一郎如此宣言。

由弦和宗一郎不禁面面相覷。

「這樣啊。」

「真辛苦呢。」

接著亞夜香和千春便明顯地露出不滿的表情。
兩個人拉起了還一臉呆愣，不知道發生什麼事了的愛理沙的手。
「喂喂喂，小愛理沙，小愛理沙妳也有點餓了吧？」
「不覺得想吃點鹹的東西嗎？」
「咦？在活動了身體之後，的確是會有這樣的感覺……」
愛理沙不太清楚亞夜香跟千春的目的是什麼。
不過對她們兩個而言，愛理沙有沒有理解她們的目的，看起來不是那麼重要的事。
兩人刻意地重重點了好幾次頭。
「就是說嘛。」
「肚子餓了呢。」
然後瞄兩眼。
兩人就這樣偷看了一下由弦和宗一郎。
「我覺得啊，好男人的條件之一，果然是懂不懂得察言觀色呢。」
「我懂。不覺得要是女生肚子餓了，就會二話不說地跑去買吃的回來的人很棒嗎……愛理沙同學妳也是這樣想的吧？」
「咦？這、這個……可是，這樣太過意不……」
終於發現到亞夜香和千春目的為何的愛理沙搖了搖頭，打算否定這件事。

然而兩人卻用足以蓋過她的大音量刻意說道。
「啊～竟然讓可愛的青梅竹馬餓肚子～」
「婚約對象看起來也餓了呢，到底在做什麼啊～」
由弦和宗一郎紛紛嘆氣。
宗一郎先開口問了亞夜香跟千春。
「唉……妳們要我去買什麼回來？」
「我要炒麵。」
「我想要章魚燒。」
既然宗一郎都要去買了，由弦也不得不跟著一起去。
由弦開口問了不知所措的婚約對象。
「雪城妳呢？」
「呃、呃……那個……」
「反正我也餓了。」
由弦這麼說完之後，愛理沙也摸了摸自己白皙纖細的腹部。
然後稍稍紅了臉，羞赧地動了動粉紅色的雙唇。
「那麼，請幫我買薯條回來。」
「我知道了。」

由弦和宗一郎轉身之後……

「啊，飲料也拜託你們嘍！」

「我們會在那邊等你們回來！」

從背後傳來了青梅竹馬的聲音。

由弦和宗一郎面面相覷後，聳了聳肩。

※

「好～他們走了。」

「已經走掉了呢。」

目送由弦和宗一郎離去之後，亞夜香與千春……

立刻湊到愛理沙的身邊。

「呃，請問……兩位有什麼事？」

「我們來聊一下只有女孩子們才能聊的話題吧。」

「我有很多事情想問愛理沙同學。」

她們兩個像是綁架了愛理沙，讓愛理沙坐在椅子上。

亞夜香和千春則分別坐在剛好能夠左右包夾愛理沙的位置上。

「那個啊，小愛理沙。

……說實話，妳是怎麼看由弦弦的？」

亞夜香這樣問愛理沙。

聽她這一問，愛理沙不禁驚訝地「咦？」了一聲。

「怎、怎麼看是指……」

「作為一個男性，妳喜歡他嗎？」

千春很具體地問了愛理沙。

愛理沙的臉頰微微泛起紅暈。

她用力地搖搖頭。

「怎麼可能！

……我對他沒有那種意思。」

聽了愛理沙的答案，亞夜香和千春一臉疑惑。

「由弦弦在學校看起來雖然有點邋遢，但我想他打扮一下應該還滿帥的喔。」

「我認為他人品也還滿不錯的。妳對他有什麼不滿的地方嗎？」

接著愛理沙又再次搖搖頭。

「不、不是……我認為高瀨川同學的確是位很出色的男性……」

愛理沙害羞地垂下眼。

她支支吾吾了一陣子之後，才明確地開口說道。

「即使是這樣，喜不喜歡他應該還是另一回事吧。」

「……哦～」

「這樣啊。」

就算由弦是一位出色的男性……也無法構成喜歡上他的理由。

這和亞夜香跟千春只把由弦當成異性好友看待是一樣的。

所以兩個人很乾脆地就收手了。

……怎麼可能。

「那如果由弦弦說喜歡妳，妳會怎麼辦？」

「咦咦咦？」

亞夜香在她大意之時突然拋來的疑問，讓愛理沙驚呼出聲。

雪白的肌膚染成了一片紅。

「不、不可能……會有這種事的。」

「只是假設嘛。妳不會想要試著跟他交往看看嗎？」

眼見愛理沙一直拚命搖頭，千春壞心眼地笑著，繼續追問她。

「我、我做不出這麼不誠懇的事情！

而且……」

「「而且？」」

愛理沙輕輕嘆了一口氣。

然後用無力的聲音開口說道。

「比起我這種人……這世上一定還有更配得上高瀨川同學的女性。畢竟他是那麼出色的一個人。」

愛理沙這麼說完之後，笑了。

與其說那是微笑，更像是帶著自嘲、自虐感覺的笑容。

「哦～」

「這樣子啊～」

亞夜香和千春一副了解了什麼的樣子。

在愛理沙還愣愣地沒進入狀況時，兩人露出了笑容。

「小愛理沙，不好意思，問了妳奇怪的事。」

「如果造成了妳的不愉快，我向妳道歉。」

「不、不會……沒事的……妳們是高瀨川同學的青梅竹馬對吧？我想妳們會介意也是當然的。」

就在她們聊著這些事情時……

「喂，我們回來嘍。」

「飲料我們就隨便買了，妳們自己選喜歡的吧。」

宗一郎和由弦回來了。

三個女生就像什麼事都沒發生過一樣，笑著迎接兩個男生。

※

盡情地大玩特玩過後，五人換回了便服，走出水上樂園。

雖然時間還早，不過他們在附近的餐廳裡先吃了晚餐。

「那個啊，我打算叫計程車……要叫幾輛？由弦弦和宗一郎都是『電車派』吧？」

由弦靠在沙發上回話。

「雖然我是『電車派』的……但我今天實在是沒力氣了，也幫我叫一輛吧。」

大概因為途中開始就玩瘋了的關係，他全身都很疲憊。

尤其是他們途中在泳池裡的游泳競賽帶來的影響。

「我跟由弦一樣。

……我現在根本沒力氣搭電車回去。」

宗一郎感覺已經快要累倒了，只見他用手撐著桌子，邊打瞌睡邊回話。

千春把玩著宗一郎的頭髮。

「那個，我搭電車就……」

「雪城的話，我會送她回去，所以幫我們叫一輛車就好。車錢我會出，妳不用擔心。」

由弦打斷愛理沙的話，如此說道。

「呃，我搭電車沒關係的。」

「如果只讓妳一個人搭電車回去，事後我不知道會被說成什麼樣子。」

「……嗯，如果是這樣。」

聽著由弦和愛理沙的對話，亞夜香和千春不禁感慨出聲。

然後兩個人一起搖醒了快睡著的宗一郎。

「我也想要有人送我。」

「也請你送我回家。」

「妳們兩個的家是反方向吧……應該說，我現在只想早點回去。讓我回去。我好睏……不如說拜託妳們送我回去吧。」

宗一郎真的一張很想睡的樣子。

由弦是覺得他活該，不過心地善良的的愛理沙似乎有點同情他。

愛理沙便開口幫了他一把。

「對了，亞夜香同學、千春同學。

……要不要交換一下聯絡方式？」

「好啊！」
「這麼說來，的確還沒交換呢。」
三人彼此交換了聯絡方式。
看她們的樣子，今天在水上樂園似乎增進了不少感情。
由弦也覺得有點開心。

※

當天回程的路上。
由弦與愛理沙並肩坐在計程車裡。
「我今天玩得很開心。」
愛理沙打從心裡感慨地說道。
平常冷漠的她或許是被亞夜香和千春高昂的情緒影響，途中開始也變得興奮起來，整個玩開了。
由弦覺得自己看到了很稀有的景象，十分滿足。
「我看妳跟小亞夜香和小千春……變得滿要好的呢。」
「是啊……我想我們應該算是朋友了吧？」

「不管妳怎麼想，她們都已經把妳當成是朋友了吧。」

從那態度來看，她們應該很欣賞愛理沙吧。

她們甚至還私下嚴格地警告由弦「要是惹哭小愛理沙你就死定了」、「你是個男人的話，就要負起責任讓她幸福喔」。

……他明明就解釋過，他這婚約對象是假的了耶。

「話說回來，高瀨川同學。」

「怎麼了？」

「那三位同學……也都出身自還算富裕的家庭吧？」

「嗯？嗯，我想應該算是富裕吧。」

不過儘管都是說「富裕」，其中還是有程度落差。

「他們是住在哪裡呢？平常就習慣搭計程車嗎？」

她大概是看到亞夜香輕鬆地就開口說要叫計程車，所以有點在意他們平常的交通手段吧。

由弦從記憶中翻出他們三人現在的住處與通學狀況。

「小亞夜香的話……住在開車一小時內可達的地方吧。應該是有專屬的司機負責接送她上下學。」

「是這樣嗎？我從沒看到過呢。」

「因為她好像會在離學校徒步約三分鐘的地方下車……哎呀，畢竟在校門前上下車，感覺不太好意思吧？」

由弦就讀的高中是私立學校，校內也有不少同學出身自富裕的家庭。

但不用說，以整體來看，一般家庭出身的學生依舊占了一半以上

她也是正值青春期的女孩子，還是有那年紀的女孩會有的羞恥心吧。

「佐竹同學呢？」

「那傢伙……我不記得確切的距離，不過他就是普通地從家裡來上學。雖然他是『電車派』啦……畢竟那傢伙有很多兄弟姊妹。」

「有很多兄弟姊妹？有多少人？四個之類的？」

畢竟這年頭都在談論少子化。

光是有四個小孩，就算是對日本人口問題有十足貢獻的夫妻了吧。

然而佐竹家的程度完全不一樣。

「我記得可以組一支棒球隊。」

「那還……真的是很多呢。」

這人數讓愛理沙也驚訝不已，睜大了眼睛。

由弦點點頭。

「妳從宗一郎這個名字應該也知道，他是長男……雖然我不記得其中有多少個幼稚園生

或中小學生，但要是每天早上都要開車接送超過九個人，就得雇用同等數量的司機。」

他們家當然也不是請不起這麼多司機。

但至少那一家的人覺得不需要吧。

有一定年紀的男生幾乎都是走路上學。

而女生都是開車接送。

「好像是說為了健康著想，走路上學比較好之類的。再來就是雖然沒直接說出來，但畢竟是男生，被人開車接送還是會覺得很丟臉吧。」

「千春同學又是怎麼樣呢？」

「那傢伙的老家在關西，實在沒辦法從老家通學，所以自己一個人住在外面。」

要說跟由弦一樣，也算是一樣吧。

不過跟不想浪費一小時通學的由弦相比，兩人獨居在外的必要程度完全不一樣就是了。

「一個女生自己住在外面不會很危險嗎？她應該也是好人家的小姐吧？」

「嗯，對啊。所以華廈的左右鄰居住著不知道是保鏢還是佣人，總之是家裡派來的人……算是只有做做樣子的在外獨居吧。」

這究竟能不能算是在外獨居，實在很難說。

不過這確實是合理的判斷。

畢竟這世道，有很多會假裝成宅配人員，藉此入侵房內的壞人。

……不過別看千春外表那個樣子，她很擅長打鬥，如果對手是個不怎麼樣的男人，她應該能獨自擊退對方吧。

「所以說……高瀨川同學的左右鄰居也是？」

「不，我的左鄰右舍是一般住戶，我從沒發現華廈裡有那麼誇張的警衛配置……但我也不敢斬釘截鐵地說一定沒有啦。」

不過由弦也不打算積極地去找出這些人。

畢竟他們不是威利（註：指童書《威利在哪裡？》的威利。童書的目的就是要在人山人海中找出藏在其中的威利），不用刻意去找出來。

既然不知道，那也不用去知道。

「……是說雪城，天城家又怎麼樣呢？」

「養父有雇用司機。不過……大家基本上都還是搭電車……畢竟我們家現在正在節流。」

「也是。」

如同傳聞中所言，天城的資金周轉似乎不太理想。

原因出在天城家的前任當家，也就是愛理沙養父的父親經商失敗，讓現任當家為了重整家業而疲於奔命。

這樣一想，他們想把愛理沙嫁出去，藉此爭取資金的做法……雖然由弦還是完全無法認同，但也可以理解，他們是拚了命地在尋求解決方法。
兩人聊著聊著，計程車也來到了愛理沙家附近。
由弦先下車，然後對愛理沙伸出手。
愛理沙有一瞬間露出了困惑的表情……但馬上握住了由弦的手。
「謝謝你。」
「不客氣。」
由弦讓愛理沙下車。
「那我走嘍，雪城。說不定暑假還有機會再碰面就是了。」
「說得也是。到時候換我出面約……」
就在這時候。
「愛理沙！」
一道年輕男性的聲音傳來。
有個拉著行李箱，年齡在二十歲上下的青年朝這邊走來。
是位相貌端正的好青年。
「那是誰？」
由弦小聲地問，愛理沙也小聲回答。
「是天城大翔先生。是我的表哥，也是我名義上的哥哥。」

愛理沙這麼說，臉上浮現了乍看之下很溫柔，實際上不帶任何感情，有如面具一般的笑容。

而大翔則是一臉開心的樣子，然而在他發現愛理沙身旁的由弦之後……表情便變得陰鬱了些。

這下感覺事情又要麻煩起來了。由弦不禁在內心嘆了口氣。

※

「大翔哥哥，好久不見了。你回來了呀……發生什麼事了嗎？我還以為你今年暑假不會回來了。」

愛理沙淡漠地詢問大翔。

天城家有個獨自住在關西讀大學的兒子。

由弦之前聽說過這件事，所以他推測，眼前這位應該就是天城家的兒子了。

「嗯，我原本是這樣打算的，但聽說妳跟人訂了婚約。我想搞清楚是怎麼一回事，所以就跑回來了。」

大翔接著將視線轉向了站在愛理沙旁邊的由弦。

臉上的表情實在稱不上友善。

「……所以你是？」

大翔開口問由弦。

由弦一邊想著這種時候如果是漫畫或動畫，應該會回說「問人家名字之前，你該先自己報上名號吧」之類的話吧，一邊回答。

「愛理沙同學的哥哥，初次見面，您好。我叫高瀨川由弦。那個，是愛理沙同學的婚約對象。」

「原來如此，你就是……這樣啊。我是愛理沙的哥哥，天城大翔。」

然後大翔先沉默了半晌，才開口詢問由弦。

「……由弦，你真的是愛理沙的婚約對象？」

「是的，沒錯。」

「……你幾歲？」

「十五歲，跟愛理沙同學同學年。」

由弦跟愛理沙一樣掛著社交用的笑容，平靜地應對。

他身為下一任接班人，畢竟有受過相關的教育，這點小事還難不倒他。

「由弦，你不覺得談這些還太早了嗎？」

他當然覺得。

不過身為當事人的由弦不能開口否定這個「婚約」。

話雖如此，要是完全不覺得奇怪，那也不符合現今的一般常識吧。

「是啊。所以我想要等到大學畢業之後才會完婚吧。」

「……你打算跟愛理沙結婚嗎？」

儘管由弦內心想著這個人在說什麼傻話啊，不過他沒有直接說出來。

「這世界上哪裡有不打算結婚，卻還訂下婚約的人呢？」

由弦話中帶著挖苦和雙關，如此回答。

要說世界上哪裡有，那就是在這裡了。

因為由弦和愛理沙並不打算結婚。

然後由弦輕輕拉了拉愛理沙的袖子，使了個眼色。

「愛理沙同學，妳說對吧？」

該不該向大翔坦承實情。

由弦原則上還是得跟愛理沙確認一下。

接著愛理沙小聲地在由弦的耳邊說了。

「別說。」

也就是希望由弦瞞著大翔，不要說。

由弦不知道大翔是否值得信任……

但要是長年與他共同生活的愛理沙認為他「不值得相信」，那麼由弦就該順從她的判斷。

「我打算等大學畢業之後，就和由弦同學結婚。抱歉沒有通知你。我以為直樹先生已經跟你說過了。」

直樹指的是天城直樹。

也就是愛理沙的養父吧。

既然愛理沙沒有直接聯絡他，由弦也大概可以感覺得出她不太信任大翔。

「……你們兩個，這樣真的好嗎？」

看由弦和愛理沙的態度如此淡漠，大翔似乎受到了不小的打擊。

不過他這番話與其說是在問由弦，更像是在問愛理沙。

（原來是這樣啊……）

到了這一步，由弦也大概知道大翔對愛理沙抱持著什麼樣的感情了。

他應該喜歡身為表妹的愛理沙吧。

不過不知道他是有自覺，還是沒自覺就是了。

所以面對愛理沙結婚的事，他才會站在反對的立場上。

「那當然。愛理沙同學是很有魅力的女性。能夠與她相伴一生，也是我夢寐以求的事。」

「我也覺得如果對象是由弦同學，可以和他共度一生。」

由弦和愛理沙都這樣回答……然而大翔一副無法接受的樣子。
話雖如此，他總不能針對喜歡的對象愛理沙，所以將矛頭轉向了由弦。
「由弦……你知道嗎？」
「什麼事？」
「有關愛理沙的，天城家的狀況……這樁婚事可是為了錢而決定的策略婚姻喔。」
這種事不用你說我也知道。
本來名門世家之間的婚姻，無論過去還是現在，都多少有些這樣的要素。
「你想說什麼？」
「……以愛理沙在家裡的立場而言，她無法拒絕這件事。所以你應該明白吧？她只是被迫答應這樁婚事的。」
這時一道小小的聲音傳入了由弦的耳中。
那是……愛理沙她很輕、很細小地嘖了一聲。
由弦側眼確認愛理沙的表情。
（唔哇……她生氣了。）
原本就很冰冷又死氣沉沉的眼睛又添增了不少寒氣。
雖然愛理沙從剛剛就一直維持著臉上的笑容，但仍不時可以看見她的嘴角抽搐。
她顯然非常不高興。

不過大翔似乎完全沒發現這件事。

「愛理沙同學。妳哥哥這麼說……」

「大翔哥哥，那是你想太多了……謝謝你這麼擔心我。但是請你放心，我是真心想和由弦同學結婚。」

至少目前先裝成是這樣比較好。

雖然由弦個人也想過「如果他也反對這樁婚事，不如跟他說清楚，請他幫忙？」之類的事……

可是既然愛理沙認為大翔不足以信任，那還是維持現狀比較好。

「事情似乎是這樣喔。」

「……是啊，以愛理沙的立場，她只能這麼說。這由弦你也明白吧。」

「嗯，算是吧。」

看樣子大翔也不信任愛理沙……至少他不相信愛理沙剛剛說的話。

他不相信這當然沒錯，因為愛理沙確實欺騙了大翔。

不過無論愛理沙說什麼，大翔始終認為「她只是被迫這麼說的」。

也就是說無論愛理沙如何表達自己的想法，只要那對大翔不利，就都是假的。

這樣由弦也就能理解，為什麼愛理沙不信任大翔了。

不過……

是因為愛理沙不信任大翔，所以大翔才不信任愛理沙嗎？
還是因為大翔不信任愛理沙，愛理沙才不信任大翔呢？
究竟是誰先不相信對方這個問題，就跟是先有蛋還是先有雞一樣，找不到答案。
可是毫無疑問的，這兩人並不相信彼此。
「不過即便如此……天城大翔先生。你想要我做什麼？」
「如果由弦真心愛著愛理沙，我希望你不要逼她結婚……由弦你也不希望愛理沙過得不幸吧？」
「這個嘛，嗯……你說得沒錯。」
愛理沙似乎快要擠不出笑容了。
而且讓在一旁的計程車司機等太久，他也很過意不去。
所以由弦決定用比較狡猾的說法來結束這個話題。
「可是就算我取消了與愛理沙同學之間的婚約，只要天城家的財務狀況沒能得到改善，天城先生還是會讓愛理沙同學嫁給其他資產家吧？」
「這……不。不過，可是……」
「如果你有能力保護愛理沙同學，那就另當別論。但沒有的話，我勸你還是不要強出頭比較好。」
由弦推測大翔不過是區區一介大學生，感覺又跟現任當家直樹的關係不太好，手裡應該沒有任何權限或權力。顯然他猜對了。

大翔沉默不語。

確認這點之後，由弦鞠了個躬。

「不好意思。我說了相當僭越……失禮的話呢。接下來就是天城家的問題了。我還是不要干涉比較好。那麼……天城大翔先生，愛理沙同學。我先失陪了。」

由弦說完之後，速速離開了現場。

第五章　「婚約對象」的謊言和夏日祭典

日本某處。

一間日式宅邸。

大大的門上掛著「高瀨川」的名牌。

四人家族正在鋪有榻榻米的客廳裡吃晚餐。

四個人身上都穿著和服。

「由弦，你最近跟天城家的女兒進展得如何？」

在晚餐桌上開口詢問由弦的是……高瀨川和彌。

是由弦的父親。

擁有四分之一外國血統的他，容貌上多少可以看出一些西歐人的特徵。

而由弦也有遺傳到的藍眼睛清楚地證明了他們擁有外國的基因。

雖然和彌在相親時有和由弦的祖父一同出席，但他本人並沒有那麼關心由弦和愛理沙的婚事。

所以由弦有點驚訝，父親居然會主動問起他與愛理沙的關係。

另外，對這樁婚事最積極的祖父母現在正好去美國玩了。

硬是決定要引退之後，祖父母便不時會出國旅行……不過他們似乎特別鍾情於美國。

畢竟由弦祖父的母親（也就是由弦的曾祖母）是美國人，要說他們當然會喜歡美國，似乎也沒說錯。

「我跟雪城……我們昨天才去水上樂園玩啊？感覺還不錯喔。」

由弦隨口回答，喝了一口味噌湯。

絕對不是母親做的味噌湯難喝。不過……

（還是雪城做的比較好喝。）

由弦覺得自己馬上就出現對愛理沙手作料理的戒斷症狀了。

雖然暑假結束後得去上學這點很麻煩，可是他想吃愛理沙做的菜。

他現在的心情有夠複雜。

或許是察覺到由弦在想什麼了吧，他的母親——高瀨川彩由——開口問他。

順帶一提，彩由的祖先雖然也有西歐人的血統……但因為隔了很多代，所以她的外表看來完全是典型的日本人。

「愛理沙小姐做的菜和我做的，哪邊比較好吃？」

「雪城。」

「居然馬上回答。討厭啦～你這不是完全迷上人家了嗎！說不定我很快就可以抱孫了呢。」

對由弦的婚事積極程度僅次於祖父母的，就是彩由了。

不過說穿了，她只是因為喜歡聽戀愛八卦而跟著瞎起鬨罷了。

由弦是很想跟她說妳都一把年紀了，還在這邊瞎起鬨什麼……

但因為母親打扮得很年輕，所以看起來比實際年齡小很多。只不過在她面前提起年齡的事可是她的大忌。

「媽媽妳又不算多會做菜……要煮得比妳好吃，不是什麼難事吧。」

用無奈的語氣說話的是由弦的妹妹。

高瀨川彩弓。

現在就讀國中二年級。

個性雖然有點囂張……但是就算由弦不因為她是自己的妹妹而偏心，客觀來看她也的確長得很可愛。

清澈的藍眼眸令人印象深刻。

「不過如果真的這麼好吃，我也有點想嚐嚐看呢。我可以幫她給分。」

「妳竟然已經開始以小姑自居了……受不了。」

「我當然會在意哥哥說的究竟是客套話，還是真心話吧？」

彩弓邊吃著醃菜邊悠哉地說。

真要說起來……由弦和愛理沙其實不會結婚，所以她根本當不成小姑。

「不過哥啊，你明明都這麼喜歡她了……卻還是用她的姓『雪城』來叫她喔。」

妹妹一刀戳中了他的痛處。

由弦覺得自己已經算是很敏銳了……不過彩弓也是那種直覺很準的人。

所以不能輕忽大意。

「……我覺得改變稱呼方式，感覺很不好意思啊。」

「是喔～」

幸好彩弓沒有再進一步地追究。

雖然她很囂張地一直賊笑。

「嗯……雖然現在相處起來可能還有些彆扭，不過由弦，如果你們有心想要喜歡上對方，一定能夠真的喜歡上對方的。相親結婚其實也不是什麼壞事。」

「是啊～我一開始也很擔心能不能跟和彌好好相處……但試著尋找之後，就發現他有很多出色的地方呢。」

又～開始了喔。

看著父母的由弦和彩弓臉上都寫著這句話。

兩人的父母和彌與彩由就是相親結婚的。

所以對相親結婚的印象非常好。

恐怕他們也會試著用某種形式，來建議彩弓去相親吧。

不過應該不會強迫她去就是了。

「是這樣嗎～」

彩弓也因為看了這樣的雙親，以及跟婚約對象相親相愛（對外來說是這樣）的由弦，所以不是那麼排斥相親結婚。

而由弦自己其實倒也並非完全抗拒這種形式的婚姻。

只是覺得十五歲就相親結婚果然還是太早了吧。

如果等到大學畢業之後，他應該就不會這麼反對了。

「對了對了，由弦……一週後，附近會舉辦夏季祭典對吧？」

和彌突然這麼說。

由弦馬上就察覺到父親說這話的目的是什麼了。

「你要我去約雪城嗎？」

「你真聰明。不過也不勉強啦。」

話雖如此，然而明知家裡附近有祭典，卻不約交往對象過來，這確實有點奇怪。

他肯定得開口約愛理沙了吧。

「嗯……也是。不過彩弓妳沒關係嗎？」

直到去年，由弦都是跟彩弓一起去參加夏季祭典的。

所以由弦這是在問妹妹，沒有哥哥陪妳沒關係嗎？

「沒關係，我跟朋友一起去。不過你要記得把人介紹給我喔，畢竟我只看過哥哥你親愛對象的照片嘛。」

「好啦好啦。」

由弦隨口敷衍妹妹……

心裡想著，這下我又得打電話給愛理沙了。

※

某天。

由弦突然傳訊息來，說「我有事情想跟妳談談，告訴我妳什麼時候方便吧」。

剛洗完碗盤的愛理沙回了「現在可以」之後，他馬上就打電話過來了。

內容是邀約她一起去參加夏季祭典。

『事情就是這樣，怎麼樣？這次既不是因為有門票，也只是我爸臨時想到的提案，所以妳可以用那天有事為由來回絕喔。』

跟去水上樂園的情況不同，夏季祭典僅會在那一天的特定時間舉辦。

所以那個時間正好有要事無法抽身……這種理由是說得通的。

「夏季祭典啊……可以看到煙火嗎？」

話雖如此，跟去水上樂園相比，參加祭典的心理門檻比較低。

而且要是能看到漂亮的煙火，愛理沙確實也有點興趣。

『嗯……可以喔，而且規模也還滿大的。』

自己究竟有幾年沒有參加過夏季祭典了呢？或許從小學之後就沒去過了。

「那麼，我就前去叨擾了。」

『謝謝……還有我妹和我媽想見見妳，可以嗎？』

「啊，好的，我知道了。」

兩人約好碰面的時間和地點後，愛理沙掛斷電話。

然後為了向養父母報備而走回客廳。

「妳跟誰講電話？」

率先開口問愛理沙的是她的養父。

直樹。

雖然他手上拿著報紙，連看都不看愛理沙一眼……口氣卻強硬得不由分說。

「是高瀨川由弦同學打來的……他約我一週後去參加夏季祭典。」

「妳答應了？」

「是的。」

愛理沙這麼回答後……她的養母——天城繪美——輕輕嘖了一聲。

臉上明顯浮現出不悅的表情。

然後……

拋出了這句話。

「真討厭……懂得巴結男人了呢。」

她是愛理沙的阿姨。但她跟自己的妹妹，也就是愛理沙的母親感情不好。

所以她也不喜歡妹妹的女兒愛理沙。

常挖苦愛理沙、欺負她，有時候還會動手的就是養母繪美。

「拜託別在家裡說那種……」

「要是她不懂得巴結男人就麻煩了。」

直樹冷漠地說。

這句話讓繪美直接閉上了嘴。

直樹常因為工作不在家，所以家事和教養小孩相關的事情全由繪美一手掌控，乍看之下可能會以為繪美是這個家地位最高的人。

然而很不可思議的是，她就是不會忤逆直樹。

「這樁婚事不論是對天城家，還是對愛理沙都非常重要……這我應該說過很多次了。」

「……我知道了，直樹。」

儘管嘴上這麼說，繪美還是一副不滿的樣子。

養母繪美和養父直樹不同，她反對這樁婚事。

這當然不是因為她擔心愛理沙。

雖然愛理沙完全無法理解……

不過她是因為不能接受長得跟討厭的妹妹一模一樣的外甥女，可以嫁進「高瀨川」這個有錢人家，跟那個不僅外貌出眾、彬彬有禮，看起來又溫柔的好青年結婚。

說穿了，她就是見不得愛理沙過得幸福。

雖然不知道繪美跟愛理沙的母親之間過去發生了什麼事，但這對愛理沙而言簡直是無妄之災。

「這麼說來，妳有浴衣嗎？」

直樹突然問愛理沙。

愛理沙搖了搖頭。

「不，沒有。」

「妳該不會想穿洋裝去吧？」

「……這樣不妥嗎？」

「他可是那個傳統、守舊的世家的兒子。他應該會穿浴衣吧。妳打算穿洋裝走在他身邊嗎？」

直樹用簡直受不了她的態度這樣說。

被他這樣一說，那畫面看起來的確非常可笑。

所謂的公開處刑也就是這麼回事吧。

見愛理沙畏縮起來，直樹默默地起身。

然後從櫥櫃拿出錢包，從中抽出五張一萬元日幣。

把錢放在了桌上。

「拿這些錢去買。沒用完的就當作妳的零用錢。」

「謝、謝謝……您。」

愛理沙戰戰兢兢地收下這筆錢。

對愛理沙而言，比起虐待自己的繪美，直樹可怕多了。

直樹從來沒有對愛理沙動手過，也沒有挖苦過她。

甚至會在看到繪美做得太過分時責怪繪美，保護愛理沙。

實際上，繪美幾乎不會在直樹面前動手打愛理沙。

但他對愛理沙也等同於是漠不關心。

至少在愛理沙眼裡看來是這樣。

比起明顯厭惡自己的對象，不知道到底在想些什麼，而且在這個家比任何人都「強大」的直樹更是可怕。

對方是和她完全沒有血緣關係的成人男性這點，更是加深了她的恐懼。

「直樹，你不能太寵她……」

「這是必要的支出。」

直樹唯一在意的就是自己家的評價。

正確來說，是討厭自家的評價對商務造成影響。

「愛理沙，是妳自己想要這樁婚事的。」

「是……我明白。」

是家人逼她來相親的。

愛理沙當初對由弦是這麼說的。

但是這件事……其實稍微修飾成了對愛理沙本人比較有利的說法。

她的養父直樹只是問愛理沙「有幾樁婚事找上門來，妳要不要去看看？」而已。

所以是愛理沙回答她願意去相親看看的。

她太害怕直樹了，無法拒絕。

就在這樣的狀況下，直樹接連帶了幾樁婚事回來問愛理沙。

原本就不想結婚的愛理沙不斷地拒絕了這些婚事。

從繪美的角度來看，她只是個對男人挑三揀四，任性又傲慢的女人吧。

她不能再拒絕下去了。

在她走投無路時，才終於遇見了由弦。
「好好經營，這也是為了妳自己好。」
「好的。」
他這話純粹是在幫愛理沙的戀情打氣嗎？
還是在威脅她，表示如果這樁婚事告吹……妳就沒有退路了呢？
又或者完全基於別的目的才說的？
愛理沙無從得知。
只覺得那非常可怕。

※

夏季祭典當天。
由弦早一步來到車站迎接愛理沙。
車站裡擠滿了像由弦這樣，前來等待朋友或情人的男男女女。
由弦便在距離車站口稍遠的地方等待愛理沙。
（愛理沙會帶怎樣的浴衣來呢？）
心中這麼想的由弦也還沒換上浴衣。

他身上穿的是一般的外出服。

這也是因為愛理沙事先聯絡他「我不想弄髒浴衣，可以的話，請讓我在高瀨川同學家換衣服」。

由弦心想，既然這樣，自己也等那個時候再換上浴衣就好了。

他茫然地望著映入眼簾的女性們身上穿的浴衣，想像著愛理沙穿上浴衣的樣子時……

「高瀨川同學，讓你久等了。」

便聽到了她一如往常的平靜聲音。

由弦轉向聲音傳來的方向，只見跟平常一樣，頂著一張撲克臉的愛理沙就站在那裡。

「不會，我也剛到。」

愛理沙身上穿著洋裝，不過手上提著兩個紙袋。

其中一個應該裝著浴衣吧。

……那麼，另一個是？

「那兩袋是？」

「是浴衣和……點心。是我家人說既然要去登門拜訪，就帶著這個一起去。」

「原來如此。」

那應該是她養父交代的吧。

雖然沒有直接說過多少話，但從愛理沙和父母口中聽到的說法看來，天城直樹似乎是個好面子的人。
不過比起完全不在意這些禮數，還是在意一下比較好，所以這方面倒不是什麼壞事。至於除了面子之外是不是也重視裡子，那就另當別論了。
「我拿吧？」
「那麼麻煩你拿浴衣這袋。餅乾我想親手交給高瀨川同學的父母。」
接過一個紙袋之後，由弦輕輕招手。
「我帶妳去我家，跟我來。」
「好……我知道了。」
由弦家在距離車站要走上一小段路的位置。
他們來到了大門前，便停下腳步。
「就是這裡。」
「……是、是這裡嗎？」
愛理沙一臉茫然地仰望著高瀨川家的大門。
她驚訝得張開了嘴。
雖然這樣說不太好，但因為由弦知道愛理沙平常是個怎樣的人，所以覺得她現在的表情看起來有點「傻」。
「怎麼了？」

「沒、沒有……只是覺得很大。」

「妳家不也滿大的嗎？」

「我們家可沒有這麼高的圍牆和巨大的大門喔。」

兩人穿過大門後……

聽見好幾聲大型犬「汪汪」叫的聲音。

愛理沙的身體嚇得顫了一下。

就在她驚慌失措時，四隻狗朝這裡跑了過來。

牠們一邊甩著尾巴，一邊奔向由弦。

「停。」

由弦一聲令下後，四隻狗立刻停下腳步。

「坐下。」

他配合手勢下達命令，儘管還是有先後順序之差，四隻狗仍一一坐下。

愛理沙一開始雖然愣住了，但馬上露出了欽佩的表情。

「教得真好。」

「畢竟牠們是看門狗。平常都放養在院子裡。」

不過由弦這輩子還從未看牠們派上用場過。

小偷可能也不想闖進不時會聽見狗叫聲的家裡吧。

「我可以摸摸看嗎？」

「可以。先問候牠們一下再摸。」

由弦這麼說完後便叫了牠們的名字，同時向那四隻狗招手。

「亞歷山大。」

於是其中一隻威風凜凜的紅褐色大狗走了過來。

「停、坐下、握手。」

亞歷山大按照由弦的命令，將前腳放在他手上。

由弦輕輕摸了摸牠的頭，像是在稱讚牠。

「牠在這群狗裡面地位最高……妳先讓牠聞聞妳的氣味之後再摸牠。」

「牠算是這群狗中的領袖嗎……牠是柴犬？」

「不，秋田犬。」

愛理沙先朝著秋田犬伸出白皙的手。

秋田犬輕輕聞了聞她的氣味。

然後愛理沙才溫柔地摸了摸牠的脖子和頭。

愛理沙接著分別跟黑色、紅褐色和雖然身體是咖啡色，臉卻是黑色的垂皮狗打招呼。

由弦一一告訴愛理沙牠們的名字。

「話說回來……牠們的名字都好雄偉喔。亞歷山大、皮洛士、漢尼拔和大西庇阿……是想要牠們跟什麼作戰呢？」

「小偷吧。」

「這根本就戰力過剩了吧……不僅名字，牠們的體型也是。」

愛理沙看向那四隻狗。

包含秋田犬在內，其中兩隻是一般大型犬的體型，但另外兩隻比牠們又大上了一圈。

「亞歷山大是秋田犬，皮洛士是……德國牧羊犬吧？那漢尼拔和大西庇阿……是什麼品種的狗呢？」

被取名為漢尼拔的狗身高約有八十公分。

而大西庇阿還比牠更高大一點。

這兩隻狗的臉都有愛理沙的兩倍大。

就算牠們很乖巧，但這麼大的狗靠過來，愛理沙還是不敢輕舉妄動，怕得臉部微微抽搐。

「漢尼拔是西班牙獒犬，大西庇阿則是英國獒犬。不過該說牠們都沒有實戰經驗嗎？總之沒讓小偷進來過就是了。」

「畢竟人還是最重視性命。如果事先調查過，就不會進來了。」

雖然這麼說，愛理沙的表情卻很柔和。

她的眼神蕩漾，嘴角也失守地笑彎了起來。

她雖然宣稱自己喜歡貓，但似乎也還滿喜歡狗的。
她一直摸著這四隻狗。
「那雪城，我們差不多該進去了。」
「也是……在這裡待太久，要是還沒向你父母打招呼之前就弄髒了衣服也不好。」
愛理沙一臉遺憾地起身。
由弦下令解散之後，四隻狗就不知跑到庭院裡的哪裡去了。
目送狗狗們離去後，由弦打開了通往玄關的門。
然後大聲呼喊。
「喂～我帶雪城來了喔。」
過了一會兒，身穿和服的人們便出現在玄關。
父親，高瀨川和彌。
母親，高瀨川彩由。
妹妹，高瀨川彩弓。
是以上這三人。
「愛理沙小姐，歡迎妳來。小犬承蒙妳照顧了。」
「好久不見。其實是高瀨川……由弦同學照顧我比較多。」
愛理沙這麼說，謙恭有禮地打了招呼。

和彌慢慢瞇細了眼睛。

「總之先進來吧……有兩個人似乎很想跟妳說話，快忍不住了。」

和彌說完之後，對自己的身後使了一下眼色。

只見彩由和彩弓一副迫不及待的樣子。

由弦先脫了鞋踏進家門。

接著朝愛理沙伸手。

「來。」

「謝謝你。」

一看到愛理沙進門，兩位女性便立刻上前。

「我是由弦的母親，高瀨川彩由。愛理沙小姐，多謝妳平常照顧由弦。不過……妳本人比照片可愛多了呢。」

「我是他的妹妹，高瀨川彩弓。哥哥承蒙妳關照了～妳真的很漂亮耶，難怪哥哥會這麼喜歡妳～」

「初次見面，兩位好，我是雪城愛理沙，請多指教……那、那個，呃……」

看到兩人逼近自己，愛理沙一副不知所措的樣子。

由弦往前一步，有如要保護愛理沙似的挺身而出。

「妳們這樣雪城也很困擾……聊天當然要邊喝茶邊聊吧？」

接著由弦對愛理沙輕輕招手。

「我替妳帶路。」

「好的……今天請多多指教。」

愛理沙又再次行了個禮。

※

愛理沙按照當初的預定，正在借用高瀨川家的房間換上浴衣。

由弦也預計在這段時間內換好浴衣……

但是女孩子要準備起來果然還是辛苦得多了。

先換好衣服的是由弦。

他先照了照鏡子，確認自己的模樣。

在接近黑色的深藍色布料上，有著白色與暗沉藍色構成的竹葉花紋。

腰帶則是暗紅色的。

頭髮也難得地用髮蠟抓了一下。

「嗯，應該沒問題吧。」

把自己打扮到走在愛理沙身邊也不至於丟臉的程度了。

由弦抱著興奮得有些靜不下來的心情，等待愛理沙。

「高瀨川同學，讓你久等了。」

這聲音比平常更緊張了些。

表情雖然一如往常地平靜，仍可以看出些許緊張與不安的神色。

「不會，沒關係……喔。」

由弦仔細地觀察愛理沙的浴衣打扮。

深藍色的布料。

上頭的圖案則是淺紫色的大牽牛花、白色的石竹和胡枝子等花朵。

紅紫色的腰帶上繪有傳統麻葉紋路。

她的頭髮優美地盤起，並以飾有紅色圓珠（應該是珊瑚）的髮簪固定。

浴衣整體的配色和設計絕對稱不上花俏，真要說起來感覺更沉穩一些。

相對的，腰帶的顏色非常美，兩者的色調互相輝映。

與其說可愛，更給人一種美麗、成熟的感覺。

如果是一般女性可能會因為浴衣過於顯眼，蓋過了本人的風采吧，然而有著不符合年齡的沉穩與嫵媚的愛理沙完美地駕馭了這套浴衣。

漂亮的髮簪更是凸顯了這一點。

「……會不會很奇怪？」

「不會，很適合妳。非常漂亮。感覺比平常更成熟。」

由弦雖然如此稱讚愛理沙，但她依然垮著一張臉。

愛理沙轉身背對由弦。

可以看到她打得非常漂亮的腰帶。

「感覺還可以嗎？」

愛理沙不安地問他。

這個問法與其說是在問他「適合我嗎？」聽起來更像是在問「我的浴衣有穿好嗎？」

「嗯，我覺得很好喔。我每年都會看妹妹穿浴衣，所以不至於看不出來。妳放心吧。」

由弦這麼說完，愛理沙總算鬆了一口氣。

然後像是在找藉口似的說道。

「其實我已經好幾年沒穿過浴衣了……我是上網查的。」

「原來如此啊。」

這樣的確會擔心吧。

由弦雖然心想要是她先講，就可以拜託母親或妹妹幫忙的。不過現在說這些都是馬後炮了，所以他沒說出口。

「話說，那個。高瀨川同學你穿這套浴衣也很好看……我覺得很帥氣。」

「這樣啊，謝謝。」

被女生稱讚自己的打扮也挺讓人害臊的。由弦如是想。

明明面對母親或妹妹都不會有這種感覺。

「不好意思，可以打擾兩位一下嗎？」

一道可愛的聲音傳來。

回過頭，只見身穿可愛金魚花色浴衣的彩弓正站在那裡。

她在原地轉了一圈。

「哥，怎麼樣？」

「很適合妳，我覺得很可愛喔。」

「總覺得跟你稱讚愛理沙姊姊的相比之下好沒誠意喔～」

雖然嘴上抱怨著，彩弓仍笑咪咪地走近愛理沙。

然後仔細地打量愛理沙的浴衣裝扮。

「愛理沙姊姊真的很漂亮耶。嗯，我認同妳可以當我大嫂。」

「啊哈哈，謝謝妳。」

彩弓不知為何一副高高在上的態度，挺起了胸膛。

愛理沙則是露出了不知該說什麼才好的表情。

她總不能說其實我們沒打算要結婚吧。
「話說愛理沙姊姊，妳對浴衣的喜好跟哥哥很像耶。應該不是事先說好的吧？雙方如此心意相通……說不定我要被叫姑姑的日子不遠嘍～」
妳的言行舉止已經夠像「中年老姑婆」嘍。
由弦連忙把這句話吞了回去。
而愛理沙應該是覺得明明沒打算要結婚，對方卻以會結婚為前提向她搭話很尷尬，所以扯開了話題。
「話說彩弓妹妹……原來妳不是要穿剛才那件和服去參加祭典呀？」
「咦？這個……不能穿那麼樸素的去嘛。當然要換上可愛一點的浴衣啊。」
不只彩弓和由弦，說來高瀨川家的所有人平常都會穿和服。
愛理沙應該是沒想到這年頭還有女孩子平常就會穿和服，不如說有平常都會穿著和服生活的家庭吧。
「我們家平常在家都是穿和服喔。」
由弦對愛理沙補充說明。
說完後，愛理沙的臉上立刻露出了理解的表情。
「這還真是少見呢……呃，是因為家規如此，還是遵循過往的習慣呢？」
「不，沒特別規定。嗯……我們應該是因為爸媽都這樣穿，所以就跟著有樣學樣吧。」

「因為從小就是這樣……而且妳不覺得這我們家很適合穿和服嗎？不知道這算不算是看場合穿衣服……總之差不多是這種感覺。」

順帶一提，由弦在外宿的住處都是穿一般的便服。

因為在那裡穿和服很怪，出門就得換衣服也很麻煩。

照彩弓的說法就是看場合穿衣服。

「我們家之所以穿和服，背後沒什麼重要的原因，所以愛理沙小姐就算不用照著做也沒關係喔……是說，這套浴衣很適合妳。」

「沒錯沒錯。如果小愛理沙嫁進來，想要打破這種老舊的規矩也完全沒問題喔。話說回來，小愛理沙果然很可愛耶。浴衣真的很適合妳。」

由弦的父母正好走了過來。

兩人異口同聲稱讚她的浴衣，愛理沙卻露出了相當複雜的表情。

被稱讚了很開心，可是對於欺騙他們這件事又覺得很過意不去。

她臉上就是這種表情。

由弦覺得還是不要一直待在這裡比較好，便牽起愛理沙的手。

「那我們先去參加祭典了。」

「啊，呃……先失陪了。」

由弦有些強硬地帶走了愛理沙，離開現場。

「雪城，不好意思……妳完全不需要介意喔？」

帶愛理沙出來之後，由弦向她道歉。

對個性消極軟弱的愛理沙來說，欺騙由弦的父母應該讓她覺得很難受吧。

「不會……我認為自己應該要清楚地對這種事情有所自覺才行。畢竟不誠實、欺騙他人的是我。」

「妳果然想太多了啦。」

由弦嘆了一口氣。

由弦和愛理沙對於這樁婚事的認知似乎有點落差。

「即使妳甩了我，使得這樁婚事告吹，他們也不會生氣喔。」

「咦？是……是這樣嗎？」

「畢竟還沒結婚，說穿了也只是訂了婚約。那他們心裡當然知道，之後還是有可能會因為處不好而分手，導致婚事告吹啊。」

再說這年頭，就連離婚也不是什麼稀奇的事。

單純只是婚約的話，就更不用說了。

「正因為有這種可能性，所以我們的婚約只有高瀨川和天城兩家知情，也不能隨便說出去。妳應該也有被家人叮囑過，不可以隨便張揚吧？」

「是……那原來是因為這樣才說的嗎？」

原本就打算隱瞞這件事的愛理沙，似乎沒仔細思考過養父之所以交代她「不要張揚」，這背後代表著什麼意義。

「就是這樣……結婚或婚約的目的就是要公開這段關係，向周遭強調我們兩家之間有著深厚的關聯性。可是他們沒有對外公開，那就表示……這婚約還不是正式的婚約，說的誇張點，就是口頭上說好的事情罷了。如果是正式的婚約，橘、佐竹和上西他們應該都會知道才對。」

尤其橘家是高瀨川家的盟友，同時也可說是競爭對手。

沒有通知這樣的對象下任接班人的婚約一事，就代表此事尚未定案，不是正式的決定。

另外，由弦雖然跟亞夜香提過婚約一事……

然而重要的點在於，兩家的當家並未透過書信往來通知此事。

只有小孩子們在水上樂園口頭說說的內容，跟「沒聽說過這件事」是一樣的。

說來他們之所以不想讓周遭知道這樁婚事，就是希望在由弦和愛理沙因為感情不睦而分手時，這件事不會演變成醜聞……簡單來說，是為了保護兩人的隱私。

其次則在於，不要讓兩人的婚事告吹的問題影響到股價。

所以說這也不是絕對不可以洩漏出去的祕密。

頂多就是不要多嘴會比較好的程度。

而且若是橘家這樣的家族，當然不可能不知道高瀨川家與天城家交好一事。橘家當家應該很早就掌握了由弦和愛理沙之間有著「暫定婚約」的消息。

就因為沒有經過家族正式認可，所以也沒有特別嚴格地封鎖消息。

不如說……多少走漏點風聲，便能讓周遭知曉高瀨川家與天城家交好一事。

跟婚約所帶來的風險與報酬相比，「若有似無地讓人察覺到好像有這件事」，對這兩家來說才是最裡想的狀態。

「是這樣子……的嗎？我可以不用想得太嚴重嗎？」

「沒錯沒錯……說起來我們只是國中剛畢業的小孩耶？硬是逼精神尚未成熟的小孩訂下婚約，還要小孩乖乖遵守這件事，這才沒道理吧。所以妳別在意。」

至少由弦的父母根本一點都不信任由弦吧。

會相信一個無法做出合理判斷的小孩這才奇怪。

有常識的大人儘管會在某種程度上信任小孩，還是會在最底線的部分抱持著懷疑的態度。

「原來如此……那麼，我就不要太去介意了。」

「這樣比較好。妳是受害者。儘管妳不是完全沒做任何壞事……但妳也絕對不是個壞人。」

由弦用強硬的口氣，斬釘截鐵地說道。

聽完這句話，愛理沙便用微濕的眼睛，以及稍微放心了些，彷彿得到了救贖的表情低聲說了句。

「謝謝你。」

※

氣氛變得有點沉重。

由弦是為了安慰愛理沙才說那些話的，但那或許不該是在接下來要去玩樂的場合說吧。

話雖如此，讓愛理沙那樣繼續想不開，她也沒辦法好好玩……一想到這裡，就覺得很難判斷。

「好了，無聊的事情就說到這邊……我們去享受祭典吧。妳有沒有什麼想玩的，還是想吃的東西？」

「……老實說，我很少來參加祭典。即使有來，也沒有買過什麼東西。」

或許是還沒擺脫方才的消沉情緒，愛理沙用失落的語氣說道。

以愛理沙的個性，她應該沒辦法開口拜託養父母買東西給她吧。

「這樣啊，那麼……我們邊逛邊決定吧。」

「說得也是。」

祭典果然有能讓人心情開朗起來的魔力。

原本還很沉重，散發著陰鬱氣息的愛理沙，也在逛了一會兒之後漸漸變得開朗了起來。

只見她不斷四處張望，興致盎然看著遠處，或是仔細探頭觀看附近的攤販。

儘管表情還是沒什麼變化，但眼神比平常來得有活力多了。

然而打造出祭典熱鬧氣氛的是大量人潮，也就是人山人海。

祭典才開始沒多久，現場已經有不少人了。

所以難免會發生跟身邊的人接觸或碰撞的情況。

「啊……」

「雪城，妳沒事吧？」

愛理沙被撞了一下又絆到小石頭，差點跌倒。

由弦急忙扶住她。

「不好意思。」

「不，是我不夠小心……畢竟妳很不習慣吧。」

由弦稍微煩惱了一下之後，伸出手。

愛理沙一臉呆愣地看著由弦的手。

「怎麼了嗎？」

「若妳不介意，我們牽著手吧。這樣子碰上什麼狀況的時候，我也比較好幫妳。」

如果妳介意就算了，沒關係。

在由弦說出這句話之前，愛理沙已經用白皙的手握住了由弦的手。

然後害羞地說道。

「拜託你護送我了。」

「我明白了，公主殿下。」

「……你都不會覺得不好意思嗎？」

「被人指出這點我就會害羞起來，所以拜託妳別說。」

由弦苦笑。

他緊緊握住愛理沙的手，再度走了起來。

（不過……原來如此。我原本還想說為什麼這世界上的情侶都喜歡在馬路上公然放閃，謎底揭曉了呢。）

由弦一邊承受著來自周遭的目光，一邊在心裡想著。

愛理沙原本就很漂亮，但或許是因為今天畫了淡妝吧，看起來比平常更誘人。

而且身上還穿著美麗的浴衣。

拜此所賜，路上的男性們都對她投以熱烈的愛慕眼神。

而跟這位美少女牽著手的由弦，則承受了周遭那些羨慕又嫉妒的目光。

但這意外地讓人感覺很好。

不過因為愛理沙並不屬於由弦，所以這也伴隨著一股空虛感。

如果他們是真正的情侶或婚約對象，這股優越感應該很令人愉悅吧。

「啊，有棉花糖……我可以買嗎？」

「棉花糖啊……嗯，好啊。」

「……你剛剛是不是笑我？」

「怎麼會？」

由弦覺得平常就很成熟，今天又顯得更加成熟的愛理沙，卻有著這麼孩子氣的喜好，實在很可愛。不過這點當然是祕密。

原來如此，這就是宗一郎所說的反差萌嗎？

又抵達了新境界的由弦和愛理沙一同走向攤販。

「不好意思。」

「唷，歡迎……啊，這不是高瀨川家的小哥嗎？」

攤販老闆看到了由弦之後，開心地笑瞇了眼。

每年會來祭典擺攤的都是同一群人。

而由弦每年都會參加這場祭典。

所以由弦和會來這場祭典擺攤的老闆多少都認識了。

「你妹妹剛剛來過了喔……哎呀，你是不是又長高了？現在多高啊？」

「今年已經超過一百七十了。」

「喔～這下明年可要超過我了。」

然後老闆看向站在由弦身邊，愣住了的愛理沙。

接著壞心眼地一笑。

「這位就是妹妹所說的女朋友嗎？還真是個美人兒呢。好羨慕啊。」

「謝謝您。」

面對老闆的稱讚，愛理沙規矩地點頭致謝。

老闆開始做起了棉花糖。

「棉花糖是……那邊的女朋友要的吧。畢竟哥哥跟妹妹不一樣，已經都不來買棉花糖嘍。」

「哈哈，抱歉啦。」

由弦希望老闆可以看在妹妹每年都買的份上放過自己。

等了一會兒之後，一個比給其他客人的還要大上一圈的棉花糖完成了。

愛理沙露出了有些吃驚的表情，戰戰兢兢地接下了棉花糖。

給完棉花糖之後，老闆對由弦眨了個眼。

「我每年都受到高瀨川先生不少照顧啊……可以幫我轉告他，明年也請多指教嗎？」

高瀨川家並沒有直接參與祭典的營運工作。
可是具有一定程度的發言權和影響力。
老闆之所以記得由弦和彩弓的長相，除了每年來擺攤之外，也是因為他每年都會捎信問候高瀨川家。
「我會轉告祖父和父親的。」
由弦回答後，跟著愛理沙一起走出攤販。
然後又在附近的攤販買了德國香腸。
「我說雪城，妳能不能……分我吃一口棉花糖？」
「你剛剛不是還笑我嗎？」
愛理沙用開玩笑的語氣和表情來表達她的怒氣。
等由弦連忙道歉說「對不起、對不起嘛」之後，愛理沙遞出了棉花糖。
「請。」
「我可以直接吃嗎？」
「我不介意。」
這倒是讓由弦的心情有些複雜。
雖然心裡這麼想，但由弦還是咬了一口棉花糖。
「嗯……」

「如何？」
「就是糖呢。」
「那當然吧。」
愛理沙無奈地說。
接下來換由弦把德國香腸遞給了愛理沙。
「妳要吃嗎？我還沒咬過。」
「那我就不客氣了。」
愛理沙張開小口，咬下德國香腸的前端。
她用舌頭舔去嘴唇表面油脂的動作，不知為何顯得非常煽情。
「如何？」
「很好吃。不過……」
「不過？」
「總覺得有點害羞呢。」
「對吧？」
由弦和愛理沙相視而笑。

※

在那之後，由弦買了烤烏賊，愛理沙則買了葡萄糖葫蘆。

跟蘋果糖不一樣，葡萄糖葫蘆體積比較小，容易入口，讓愛理沙讚不絕口。

「接下來想吃什麼？我也差不多想吃點甜的了……」

「啊，是撈金魚……」

愛理沙小聲地驚呼了一聲。

她停下腳步，直盯著攤販。

「妳想試試看嗎？」

「嗯……不過我沒玩過。應該很難吧？」

「什麼事情都得先嘗試看看吧。」

由弦鼓勵她，但愛理沙還是很猶豫的樣子。

由弦正覺得奇怪，想玩就玩啊，但他馬上就想通了。

「如果妳不能養，我們家可以接收，不用擔心。」

「可以嗎？」

「因為我們家有魚池，以前我撈到的金魚現在也還養在那裡面。」

用來玩撈金魚的金魚不知是原本就不健康，還是因為一直被追，累積了很多壓力，總之很容易死掉。

不過克服了這些難關的金魚，生命力就非常強韌。

隨隨便便就可以活超過十年。

由弦說了可以接收之後，愛理沙就放心了，由弦便帶著她走進攤販。

一開始以為有新客人來，正笑著說「歡迎光臨」的老闆，一看到來者是由弦就立刻拉下了臉。

「嘖！是高瀨川家的哥哥喔！我不是說過你們家兄妹都不准再來了嗎！」

至今為止造訪的攤販都對由弦釋出了善意，所以這個老闆的態度讓愛理沙很是意外。

她一臉驚訝地抬頭看向由弦。

「……你做了什麼？」

「我以前撈太多金魚了。」

「大概多少？」

「跟妹妹加起來大概一百條吧。」

「這實在是……」

現在回想起來，還真是一對很會找麻煩的兄妹。

話雖如此，當時的由弦和彩弓都還小。

順帶一提，由弦的爸爸事後支付了金魚的費用（不僅是一百條的原價，還包括生意上損失的部分）。

「哎呀哎呀，你先別急嘛……要撈的不是我，是她。」

由弦這麼說，拍了拍愛理沙的肩膀。

愛理沙輕輕點頭，打了個招呼。

攤販老闆也驚訝地睜大了眼睛。

「喔……這還真是位美女啊。如果是這麼可愛的女孩子，我當然歡迎……我是很想這麼說，但妳該不會其實是什麼撈金魚高手吧？」

「她沒玩過撈金魚喔。」

「……那就可以。」

總之老闆是接受了。

付了錢之後，老闆把臉盆和紙網遞給了愛理沙。

愛理沙捲起袖子，緊張地把紙網放入水中。

然後在打算撈起金魚時……

紙網破了。

「唔……這很難耶。用這種紙真的撈得起來嗎？」

「你的男朋友和他妹妹，就是用那種紙差點毀了我的生意。」

老闆有些開心地說著。

應該是看出了愛理沙是真的沒玩過吧。對他來說愛理沙正是一頭待宰的肥羊。

話雖如此，他們也不能浪費太多錢在這裡。

「我想示範給她看，能不能讓我玩一場？我會付錢的。」

「你不可以。」

「我會把撈起來的金魚還給你，我也不會故意亂撈，讓金魚變得比較虛弱無力……我想在女友面前表現一下，拜託你幫我個忙吧。」

「……真拿你沒辦法耶。」

老闆畢竟骨子裡是個好人，一旦搬出「女友」，他很快就妥協了。

不過這邊說的「女友」是指「女性友人」，只是用來稱呼雪城愛理沙的代名詞，絕對不是girl friend的意思。

所以由弦並沒有說謊。

他接過紙網之後，開始指導愛理沙。

「要是讓紙網垂直出水入水，紙網就會破掉，所以要像切開水那樣，不管是放下去還是撈起來的時候，都要拿得斜斜地放進去。」

其實可以的話還有盡量不要用紙網撈到金魚的尾巴這一招，但由弦認為身為初學者的愛理沙應該做不到，所以只講了基本中的基本。

然後由弦就當著她的面撈起了一條、兩條給她看。
「一起試試看吧。」
「好的。」
由弦讓愛理沙握住紙網後，就繞到她身後。
握住她的手，緩緩移動，撈起金魚。
這樣就第三條了。
「話說這隻也得放回去嗎？」
「那當然。」
老闆都這麼說了，他只好放走這三隻。
然後由弦又要了一支新的紙網，遞給了愛理沙。
「妳試試看。」
「好……」
愛理沙用前所未有的認真表情拿著紙網，緩緩靠近金魚。
她的目標是浮到靠近水面的魚。
她將紙網伸到金魚的身體下，往上撈。
金魚成功的停在紙上。
由弦迅速地遞出臉盆，愛理沙便將金魚放了進去。

「我撈到了，我撈到了喔！」

愛理沙笑得很開心。

她笑嘻嘻的，心情好得不得了。

雖然她平常的樣子就已經夠漂亮又可愛了……不過笑起來的表情遠比平常要來得更有魅力多了。

這是只有由弦才知道的事實。

「是啊，妳撈到了。真不愧是雪城。」

由弦拍了拍愛理沙的肩膀。

由弦平常不會隨便碰她的身體，可是今天不知道為什麼就是有股想這麼做的念頭，他也就順勢這麼做了。

而愛理沙也沒有特別在意的樣子，甚至開心地微笑著。

「你們能不能快點撈啊？」

不過兩人被別過臉去，粗魯地嘮叨的店長這句話給拉了回來。

愛理沙的臉頰微微泛紅，由弦則尷尬地看著金魚。

接著愛理沙又撈到了三條金魚，總計收獲四條。

以初次嘗試來說，成果相當豐碩。

※

兩個人後來又玩了套圈圈、打靶、釣水球等遊戲，盡情地享受著祭典。

玩過一輪之後，這次換肚子有點餓了。

「這種地方賣的炒麵和章魚燒，看起來都很好吃呢。」

「是呢……散發出一股香氣。」

兩人在現場的氣氛、香氣和聲音的影響下，分別買了一份炒麵和一份章魚燒。

接著兩人在附近神社的樓梯坐下。

然後把炒麵和章魚燒都對半分成了兩份。

不過因為愛理沙本來就吃得不多，所以由弦分到的那份比較多就是了。

炒麵上淋滿了化學調味料，吃起來的味道感覺非常有害健康，然而這卻讓人覺得很好吃。

鹽分偏多，又有些地方尷尬地燒焦了變硬了，但這樣反而更好。

他們當然是因為在祭典這樣的場合上，沉醉於現場的氣氛中，又是偶爾吃到這種東西，才會覺得好吃。

章魚燒的麵糊軟呼呼的，上面塗滿了醬汁。

這個的鹽分也偏多了點。

雖然他們對重要的章魚部分完全不抱期望，但這章魚燒的章魚卻比想像中的還大塊，所以這份章魚燒算是「中大獎」了吧。

他們當然是因為在祭典這樣的場合上（下略）。

「在祭典上吃，就會覺得這種東西好好吃喔。唉，雖然九成是受到現場氣氛的影響啦。」

「是啊。不過……畢竟在家裡很難重現鐵板的火力，我覺得這的確是平常少有機會吃到的味道。」

好吃是好吃，但果然很鹹。

由弦喝了一口在攤販買的檸檬汽水。

順帶一提，這是倒入檸檬汁和糖漿攪拌，放入冰塊，最後倒進三矢蘇打後製成的玩意。

冷靜想想這樣要賣三百日幣也是很坑，不過他還是順著現場的氣氛買來喝了。

味道喝起來是不錯，但要說這值不值得花三百日幣，那又另當別論了。

而不太敢喝碳酸飲料的愛理沙，則是喝了一口柳橙汁。

因為柳橙汁不是寶特瓶或是罐裝，而是玻璃瓶裝的，所以看起來特別好喝。

不過大概只有看起來好喝吧。

「高瀨川同學，那個……」

「妳想挑戰一下碳酸飲料嗎？」

由弦問完後，愛理沙點了點頭。

「嗯。那個，不過我是第一次喝，比較刺激的可能還是……」

「這已經跑掉不少氣了，不會很刺激喔。」

由弦這麼說，把塑膠杯遞給愛理沙。

她誘人的嘴唇貼上了塑膠杯的邊緣，喝了一口。

「怎麼樣？」

「雖然有點刺激，可是很好喝耶。」

「妳喜歡那真是太好了。」

由弦接著看了一下手錶。

距離開始放煙火還有大概三十分鐘。

他把吃完的炒麵和章魚燒的垃圾打包在一起，站了起來。

「因為從我家裡也能看到煙火，我覺得那樣比較能靜下來看。所以想在放煙火之前回到家，妳覺得呢？」

「這個嘛……我覺得在高瀨川同學家看，以氣氛來說，看起來也會比較漂亮。」

愛理沙也點頭表示同意。

實際上這附近可以清楚看見煙火的地方都擠滿了人，根本毫無風情可言。

不過對於想要打造兩人世界的情侶來說，那又是另當別論了。

「大概還能再去個一家攤販吧……妳要吃什麼？」

「我記得在回高瀨川同學家的路上，有一間賣可麗餅的店。我想吃吃看。」

「好啊，那我們買完可麗餅之後就回去吧。」

兩人來到了位在回家路上的可麗餅店。

由弦買了藍莓，愛理沙則是買了草莓口味的可麗餅。

然後兩個人理所當然的各分了對方一口自己的可麗餅。

他們牽著手，邊走邊吃著可麗餅。

這實在不是什麼有禮貌的行為，不過只有在舉辦祭典的日子，可以光明正大的做這種事。

他們吃完可麗餅時，剛好走到了家門口。

附近的天色已經暗下來了。

他們穿過大門後……

又傳來了「汪汪」的狗叫聲。因為狗的眼睛在黑暗中會發亮，有點可怕。

雖然這麼說，由弦跟愛理沙馬上就知道，狗是因為在夜間視力也很好才跑過來的。

狗狗們劇烈地搖著尾巴，用有如十年沒見的氣勢撲向他們。

兩個人稍微摸了摸這四隻狗之後，進入家中。

※

距離開始放煙火的時間只剩下不到十分鐘了。

所以由弦和愛理沙正坐在面著可以看到煙火方向的檐廊上。

順帶一提，擅自認定自己不能去打擾他們兩個的彩弓，坐在距離他們十公尺外的地方。

由弦和愛理沙其實不是情侶，不過……如果他們是真正的情侶，那由弦應該會很感謝彩弓吧。

她是個在必須體貼他人時，能夠去體貼他人的女孩。

順帶一提，要說彩弓只有一個人感覺很寂寞，絕對沒有這回事。

「呀啊！真是的～喂，別舔我啦！真拿你們沒辦法耶～」

她正在跟西班牙獒犬和英國獒犬嬉鬧。

因為這兩隻狗最近才剛長大成為成犬，還很喜歡撒嬌。

「那個景象真不得了耶。」

「不管怎麼看都是遭到肉食動物襲擊的小孩子呢。」

畢竟兩隻都是「獒犬」，四腳站在地上時，就已經有彩弓的一半高了，用兩隻後腳站起來的時候，更是超過彩弓的身高。而且體重也幾乎是彩弓的兩倍。

光是要跟牠們玩就夠辛苦了吧。

彩弓跟獒犬們玩著玩著，她的身體便整個被撲倒，翻了過來。

從她又白又長的雙腿縫隙間，可以看見她的內褲。

不過就算看到了妹妹的內褲，這也一點都不好玩，所以由弦把視線轉到了愛理沙的身上。

「那個，不去幫她……沒問題嗎？」

「因為已經交代過牠們，只要喊『停』他們就會停下來了，所以妳放心吧。彩弓也是想跟牠們玩才玩的。」

不過要彩弓出聲命令牠們「停」，那也只是時間早晚的問題了吧。

正當由弦心裡這樣想的時候，聽到母親從廚房叫他的聲音。

「我去一下。」

「慢走。」

他到了廚房後，聞到了有些甜甜的味道。

「是西瓜啊。」

由弦低聲說完後，拿著盤子的彩由點了點頭。

彩由把大盤子遞給了由弦。

或許是避免弄髒浴衣吧，西瓜切成了小小的方塊狀。

「來，這盤是由弦和小愛理沙的。幫我叫彩弓也過來一趟。還有如果她摸了狗，叫她要先去洗手。」

「我知道了。」

由弦把兩個盤子拿回檐廊。

他抵達檐廊時，兩隻狗已經從彩弓身邊退開了。

牠們看起來莫名地有些失落的樣子，應該是被彩弓罵了吧。

「喂，彩弓。」

「哎呀，哥哥。怎麼了……啊，這不是西瓜嗎？」

「這是我們的。妳先去洗手，然後去廚房找媽媽拿妳自己的份。」

「好～」

彩弓啪噠啪噠地快步跑向檐廊。

雖說是愛犬，該洗的手還是要洗。

目送彩弓離去後，由弦走回愛理沙的身邊。

「讓妳久等了，雪城。」

「不會。謝謝你們招待的西瓜。」

由弦將西瓜放在檐廊上，兩人用牙籤插著吃。

「這個西瓜好甜好好吃喔。」

「是啊，是不錯的西瓜。」

可能是被西瓜的味道給吸引過來了吧，西班牙獒犬和英國獒犬來到了他們兩人的腳邊。

而且連秋田犬跟德國牧羊犬都來了，狗狗們邊對著兩人搖尾巴，邊靠近過來。

「總、總覺得我們好像被盯上了耶？」

愛理沙連忙用手拿起盤子，拿到了胸部的高度。

要是四隻狗撲上來，西瓜瞬間就會被搶走了吧。

由弦倒是非常冷靜。

「我們有好好用不同的盤子來區分人的食物和狗的食物，牠們應該很清楚這一點。所以不用怕。而且彩弓或是媽媽應該也差不多要把給狗吃的分拿來了。」

正如由弦所說的，彩弓和彩由兩人拿著盤子出現了。

彩弓手上拿的想必是她自己要吃的西瓜。

而彩由則是拿著將西瓜大膽的切成四塊後——也就是合計一整個西瓜的份——她把那四份西瓜分別裝在大盤子裡，端了過來。

彩弓把自己吃的那一盤放在和檐廊有些距離的地方。將手指放入口中，吹響口哨。

接著聚集在由弦他們身旁的四隻狗瞬間就衝去了彩弓的身邊。

「來，停！乖孩子，這就給你們吃喔。」

彩弓和彩由兩個人在狗的面前，放下了切得非常大塊的西瓜。

然後讓牠們等了大約五秒。

「好，可以吃了。」

彩弓說完好之後，四隻狗便一起開始吃起了西瓜。

彩弓自己也順勢坐在檐廊上，開始吃起自己的西瓜。

彩由倒是不知道為什麼朝著由弦他們眨了個眼。接著就走回了廚房。

「牠們真的……被教得很好呢。」

「對吧？狗果然才是最棒的。」

「不，我覺得貓才是最棒的。」

「……這點妳不願退讓嗎？」

「我絕不退讓。」

貓的確是很可愛啦。

可是學不會「停」跟「坐下」嘛。

由弦覺得人類的夥伴果然還是狗。

就在由弦正打算提出這個主張時。

天空傳來的巨大的聲響。

抬頭一看，美麗的煙火正妝點著夜空。

※

接連打到天空上的煙火。

藍色或紅色的光，照亮了黑暗的天空。

「好美喔。」

愛理沙喃喃說道。

由弦把視線從煙火移到了愛理沙身上。

每當有煙火打上天空，就會照亮愛理沙那有如藝術品的容貌。

瞇細了眼睛，嘴巴微張，有些茫然，可是又很開心地抬頭看著天空的美少女身影，簡直像是一幅畫。

庭院和煙火和愛理沙。

要是能將這三項事物同時收入同一個畫面，一定會是非常美妙的攝影作品吧。

「……高瀨川同學？怎麼了？」

「不是，我只是覺得很美。」

「你是說煙火嗎？」

「當然是煙火嘍。」

他怎麼可能說得出「是妳」這種話。

由弦又再把視線從愛理沙身上移回了煙火上。

等他回過神來，才發現兩個人都保持著沉默。

雙方沒有任何對話。

然而很不可思議地，由弦一點都不覺得尷尬，還覺得有些舒適。

最後的豪華煙火在夜空中綻放開來，煙火放完了。

主打的煙火放完了，祭典也要結束了。

再過了一個小時，攤販也要開始準備收拾了吧。

「好美呢。」

「是啊……」

兩人不發一語地望著夜空。

過了半晌後，愛理沙對著由弦微微一笑。

「我今天玩得很開心。謝謝你。」

「我也是啊。跟妳一起玩真的很開心。」

由弦老實地把自己的心情告訴了愛理沙。

愛理沙又再度看向了夜空。

放完煙火的夜空，看起來莫名地有些寂寞。

「高瀨川同學的家人也是，大家全都是很好的人。大家都很親切、溫柔、開朗。」

「只是因為妳來了，他們有點興奮啦。」
「或許是這樣。不過……就算是這樣，也跟我家大不相同。」
愛理沙有些寂寞地說道。
她的表情中帶著羨慕，以及僅有些許的嫉妒。
在那之後，愛理沙把視線移到了由弦身上。
她的眼神非常猶豫。
不安與恐懼，還有罪惡感……各式各樣的感情混雜在一起。
愛理沙一副快哭出來的樣子，可是又彷彿下定了某種決心，用力握緊了拳頭。
「高瀨川同學。」
「……怎麼了？」
「真的……非常抱歉。」
愛理沙這麼說著，朝由弦低頭致歉。
由弦不知道愛理沙這話是在為了什麼而道歉。
「妳做了什麼嗎？」
「……我說了謊。」
愛理沙用小到幾乎要消失的聲音這麼說。
說了謊。

也就是她欺騙了由弦。

由弦稍微防備了起來。

「是什麼謊？」

如果是什麼很不得了的事情，那就可怕了。由弦有些緊張。

而要說起緊張，愛理沙也是一樣。

「以前相親的時候……我說是養父逼迫我去參加相親的。」

愛理沙用顫抖的聲音說道。

她的確是這樣跟由弦說的。

所以由弦才會為了保護愛理沙，跟她訂下了假的婚約。

「其實不是這樣的。」

「……是怎樣不是？」

「其實養父只有問我……要不要去相親看看。他沒有強迫我。可是我……很怕他，所以我才……自己主動說了要去。」

愛理沙低著頭，可能是不敢看由弦的臉吧。

由弦不知道愛理沙現在是什麼表情，但從些許的哭音聽來，可以清楚地了解到她正處於不安與恐懼之中。

「可是我果然還是不想結婚……所以相親後也一直婉拒親事。然後……就沒有後路了。

所以全部是我不好。是我自己把自己逼入絕境的。」

滴答滴答的，水滴落在檐廊上。

愛理沙小小的肩膀顫抖著。

「我想，要是我說出了這件事……你絕對不會幫我的。所以就隱瞞了對我不利的事實。在那之後……我也說不出口。很抱歉我這樣利用了高瀨川同學的善意。」

接下來愛理沙便沒再繼續說下去了。

看來她的坦白就到此結束。

由弦忍不住嘆了一口氣。

「什麼啊，原來是這種事啊……抬起頭來吧。」

由弦這樣說完後，愛理沙戰戰兢兢地抬起了頭。

她美麗的容貌因為淚水而變得一塌糊塗。

由弦重新坐正，面對愛理沙，雙手搭在她的肩膀上。

「這種程度的事情，我根本不在意。」

聽了這句話，愛理沙的表情又變了。

「可、可是……」

「真要說起來，那根本稱不上是說謊。」

由弦打斷愛理沙的話。

然後他看著愛理沙的眼睛，像是希望她聽進去似的開始說。
「妳在精神上已經被逼到極限了。至少妳沒辦法拒絕養父的提案。妳就是處在這樣的精神狀態下，所以只能答應養父的提案吧？這種情況，照一般的說法就是『被迫』接受。」
由弦不知道她的養父天城直樹是基於怎樣的心情，才會提案問愛理沙「妳要不要去相親看看？」的。
說不定他真的只是想問愛理沙自己的意見。
他說不定以為愛理沙是真的想要去相親。
關於這方面，不問本人是得不到答案的吧。
然而……以結果而言，愛理沙必須在不情願的狀況下去相親。
最後陷入了會被硬逼著訂下婚約或結婚的絕境。
「我想我不久之前也說過，妳是受害者。妳或許覺得自己做錯了一些事，實際上也或許真的做錯了一些事。儘管如此，依舊沒有妳一定得變得不幸的道理在。而妳也不會因此就失去求助的權利。」
要是說他有什麼生氣的地方。
要是說由弦有什麼覺得不滿的地方。
那只有一件事。
「我之前也說過了。妳就算向我求助，我也不會覺得麻煩。多仰賴我一點吧。」

他想對愛理沙說的只有這件事。
她紅著雙眼，眼眶中帶著淚水，用柔細的聲音說道。
「那，我可以拜託你一件事嗎？」
「可以喔。」
「……請把你的胸膛借給我。」
由弦照她所說的，抱住了愛理沙。
愛理沙把臉埋在由弦的胸口，不停地抽噎啜泣。

抱住她之後，才重新感受到她是多麼的瘦小，身體是多麼的纖細。
她的體溫與柔軟，還有身體的顫抖都傳了過來。
這個小小的身體，一直都在忍耐著吧。
說不定她這麼容易產生罪惡感，是一種身體的防衛本能。
自己之所以會這麼不幸，不是因為那些不合理的事，而是自己也有做錯事。
藉此來讓自己接受這一切……
這也說不定是他想太多了，不過無論如何，她那種消極軟弱的個性，以及會在自己和其他人之間築起高牆的交際方式，都是持續壓迫她的家庭環境造成的。
由弦溫柔地摸了摸愛理沙的頭，同時小心不要弄亂她的髮型。

他不知道做這種事情能不能拯救她，但他還是想為她做點什麼。

過了一段時間後。
愛理沙從由弦的懷中抬起頭來。
雖然淚水依然濡濕了她的雙眼，不過她的臉比剛才好多了。
可能是覺得在由弦面前大哭很丟臉吧，她的臉紅通通的。
愛理沙尷尬地別開視線，閉口不語。
「雪城，妳滿意了嗎？」
「……我可以說點任性的話嗎？」
「可以喔。」
「再讓我維持這樣一下。」
愛理沙這樣說完後，又把臉靠上了由弦的胸口。
她這次不是正面把臉埋進去，而是用臉頰貼著他的胸膛。
「請你摸我的頭。」
「我明白了，公主殿下。」
「……你說這話都不會覺得不好意思嗎？」
「我不是說了我被人指出這點就會害羞起來嗎？」

「……我覺得就算我沒指出來，那也夠令人害羞的了。」
「我是覺得妳提出要求的方式也沒差到哪裡去啦。」
儘管嘴上這樣說，由弦還是摸了摸愛理沙的頭。
她的頭髮很柔順，摸起來很舒服。
他用力抱緊愛理沙，不斷安撫地摸著她的頭之後，愛理沙又開口了。
「那個，高瀨川同學。」
「這次又怎麼了？」
「……我可以叫你的名字嗎？」
「名字？」
「我可以叫你由弦同學嗎？」
由弦瞬間愣住了。
他因為受到了衝擊，本來還摸著愛理沙頭的手也停下了動作。
接著愛理沙便像是在找藉口似的繼續說。
「因為佐竹同學、亞夜香同學，還有千春同學，大家都是叫由弦同學的名字不是嗎……只有我一個人叫你的姓，感覺好像我們很生疏。」
愛理沙有些鬧彆扭地說著。
她可能有些不安吧，眼睛往上瞄了由弦一眼。

由弦又繼續摸起了愛理沙的頭。
「可以啊……相對地，我可以叫妳愛理沙嗎？畢竟大家都用妳的名字來叫妳。」
「嗯，請你這樣叫。」
愛理沙滿意地輕輕點頭，閉上了眼睛。
然後她像是不想放開最喜歡的毛巾的小嬰兒，用雙手緊緊地抱住了由弦的身體。
「我說啊，愛理沙。」
「……什麼事？」
「我要這樣持續到什麼時候啊？」
由弦一邊摸著愛理沙的頭一邊問道。
一直摸她的頭也是會累的。而且就算是晚上，兩人的身體在夏天這樣緊密地貼在一起，他也有點難受。
而對於這個問題，愛理沙是這樣回答的。
「一直，到我滿意為止。不行嗎？」
由弦嘆了口氣。
「拿妳沒辦法呢。真是的。」
由弦繼續摸著愛理沙的頭。

後記

初次見面的各位大家好，好久不見的各位好久不見。我是櫻木櫻。

非常感謝各位拿起了這本《一點都不想相親的我設下高門檻條件，結果同班同學成了婚約對象!?》。

我這次寫了戀愛故事。我想已經看完的讀者應該知道，這部作品是男主角和女主角一對一的戀愛故事。像這種故事，如何將女主角的可愛之處傳達給讀者，是非常重要的關鍵……我是否有讓各位感受到呢？今後也還請大家繼續守護男主角和女主角的戀情發展。

那麼請容我在這裡像大家道謝吧。

負責本書插圖的clear老師。真的很謝謝你幫本書畫了那麼可愛又出色的插圖。打從心底致上我最深的感謝。

也感謝與製作本書有關的每一位工作人員。而最感謝的當然是各位買下了這本書的讀者。

那麼期待第二集還能再與各位相見。

國家圖書館出版品預行編目資料

一點都不想相親的我設下高門檻條件,結果同班同學成了婚約對象!?/櫻木櫻作；Demi譯. -- 初版. -- 臺北市：臺灣角川股份有限公司, 2021.12
冊；　公分

譯自：お見合いしたくなかったので、無理難題な条件をつけたら同級生が来た件について
ISBN 978-626-321-057-8(第1冊：平裝)

861.57　　110017759

Kadokawa Fantastic Novels

一點都不想相親的我設下高門檻條件，結果同班同學成了婚約對象!? 1

（原著名：お見合いしたくなかったので、無理難題な条件をつけたら同級生が来た件について）

2021年12月20日 初版第1刷發行
2024年7月3日 初版第5刷發行

作者：櫻木櫻
插畫：clear
譯者：Demi

發行人：台灣角川股份有限公司
總監：呂慧君
總編輯：蔡佩芬
主編：林秀儒
編輯：邱瓈萱
設計指導：陳晞叡
美術設計：吳佳昀
印務：李明修（主任）、張加恩（主任）、張凱棋、潘尚琪

發行所：台灣角川股份有限公司
地址：104台北市中山區松江路223號3樓
電話：（02）2515-3000
傳真：（02）2515-0033
網址：www.kadokawa.com.tw
劃撥帳戶：台灣角川股份有限公司
劃撥帳號：19487412
法律顧問：有澤法律事務所
製版：尚騰印刷事業有限公司
ISBN：978-626-321-057-8